GW01445312

LA SAGA DEI VOLSUNGHI

ISBN: 978-0-244-90566-8

Le fonti consultate per la traduzione di questo testo sono varie e in più lingue:

The Story of The Volsungs – W. Morris - E. Magnusson (W. Scott, 1888)

Volsunga Saga – R.G. Finch (Nelson, 1965)

Völsunga Saga - G. Jonsson (Reykijavik, 1943)

The Saga of The Volsungs – J.L. Byock (Penguin, 1990)

www.vidofnir14.com

INDICE

INTRODUZIONE	p. 7

LA STIRPE DEI VOLSUNGHII

CAPITOLI I - XII	p. 14

LA SAGA DI SIGURD

CAPITOLI XIII - XXXI	p. 36

I FIGLI DI GIUKI

CAPITOLI XXXII – XLII	p. 75

IL POEMA DELLE RUNE DI BRUNILDE	p. 92

ANALISI DEL POEMA RUNICO

INTRODUZIONE

Pur facendo parte anch'essa del ciclo islandese delle *Fornaldarsaga* – Saghe dei Tempi Antichi, e nonostante sia legata, a livello contestuale e temporale anche ad altre saghe islandesi (*Saga di Ragnar Lodbrok*), la *Saga dei Volsunghi* va "isolata", rispetto alle altre, semplicemente per il retaggio pressoché infinito, o finito, nella misura in cui abbraccia l'intera cultura Europea, che ha lasciato nella narrativa e nella poetica successiva. Riteniamo ormai assodato che la antica disputa sull'originalità con l'eterna "rivale" di questo straordinario racconto epico-mitologico, *La Saga dei Nibelunghi*, si sia risolta con il primato della *Volsungasaga*, che in molti aspetti è ritenuta la versione islandese degli eventi narrati in quella tedesca, peraltro molto più celebre. L'opera di Wagner ha senza dubbio giocato un ruolo primario nella maggiore diffusione della saga tedesca, anche se solo in parte: la narrazione e la resa letteraria finale della *Saga dei Nibelunghi*, è infatti di gran lunga migliore e più strutturalmente lineare, per l'esposizione al pubblico, di quanto non lo siano quelle della controparte islandese. Resta il fatto che, proprio grazie all'ingenuità narrativa riscontrabile in quest'ultima, si è più che sicuri nell'attribuire a questa la maggiore originalità dei concetti, che ne rispecchiano una più genuina contiguità al sentire dei contesti storici che in essa riecheggiano in chiave mitica e leggendaria. La prova regina di questa tesi, oltre la già citata struttura primordiale e quantomai subordinata ai poemi eddici, vero e unico filo conduttore della storia, è l'importanza attribuita ai giuramenti, che sono considerati decisamente più importanti degli stessi legami di sangue, e sicuramente uno dei temi centrali dell'opera. Questo è il segno di riconoscimento, leggendo tra le righe, che più rimanda ai tempi antichi in cui, in un'Europa "barbara" e ancora in parte ancestrale, l'onore e il coraggio venivano intaccati dal peso dell'oro. Non si intende affermare qui che *La Saga dei Nibelunghi* sia una rielaborazione della saga islandese, ma piuttosto che questa sia, tra le due, quella più fedele e concettualmente contigua a un ipotetico antenato (o più probabilmente una serie di antenati) comune a entrambe.

Per quanto riguarda le influenze di opere successive riconducibili alla *Saga dei Volsunghi*, non va certo dimenticato il poema antico inglese *Beowulf,* nel quale ricorrono diversi nomi che si potranno leggere nella saga. Si dice inoltre che lo stesso Wagner abbia preso più di uno spunto dalla saga scandinava per la stesura della sua immortale composizione *Der Ring des Nibelungen.* Il geniale compositore romantico lesse sicuramente la versione tedesca della *Volsungasaga* di Von der Hagen (1814), cosa che, insieme alla lettura dell'Edda, nonché delle favole dei Fratelli Grimm (in cui a loro volta non si contano gli elementi riconducibili a questa saga fondamentale), ha contribuito non poco alla produzione di quella che oggi apprezziamo come un capolavoro immortale dell'opera classica e della musica in generale. Se ci si sofferma sulle implicazioni storico-politiche della lettura rivoluzionaria che Wagner fece del mito, si può avere un'idea abbastanza realistica della portata enorme che ha la *Saga dei Volsunghi*. Giungendo a tempi più moderni, è d'obbligo citare J.R.R. Tolkien, il mai abbastanza conclamato debitore alle saghe nordiche per l'influenza che ebbero sul suo arcinoto *Signore degli Anelli*, che con *La leggenda di Sigurd e Gudrùn* (uscito postumo nel 2009), volle elargire il suo indubbio tributo al "mondo" da cui tanto aveva beneficiato.

La saga che qui si propone narra di tempi in cui gli uomini erano ancora simili agli dèi, con i Volsunghi, i favoriti di Odino, che ottengono terre e gloria a suon di epiche gesta in guerra. Sigurd (che ha nel celebre Sigfrido il suo omologo nibelungico), è l'apice della gloria di questa casata, che dopo di lui, in quella che è considerata una seconda parte della saga, cede il passo a quella dei Giukunghi (i veri e propri Nibelunghi), in una contesa che vede valori assoluti come la lealtà e l'onore, così enormemente incarnati da Sigurd, venire messi in discussione dalla vanità e dalla ricchezza materiale. Sigurd, che è l'archetipo più alto dell'eroe nordico dal cuore puro, uccide il Drago/Serpente Fafnir, rubandogli l'immenso tesoro che nascondeva, ma sarà poi l'oro stesso a consumare tutti coloro che vorranno impadronirsene. Impossibile non scorgere, da questo semplice resoconto che riteniamo non lesivo del piacere della lettura in quanto vastamente conosciuto anche dal lettore meno erudito, l'emblema della casa dei Visconti e successivamente simbolo di Milano, il celeberrimo Biscione (effettivamente più un drago assai simile a Fafnir che un serpente) che divora il giovane tra le sue fauci, così noto soprattutto in Italia. Qui è spiegata l'origine e il significato di un elemento visivo che viene proposto ancora oggi, ma il cui senso sfugge alla stragrande maggioranza di coloro che vi si imbattono e ancor più a coloro che cercano maldestramente di spiegarne l'origine. Questo è un esempio lampante di quanto la *Saga dei Volsunghi* sia enormemente più pregna di tali concetti, tanti da non potere neanche essere qui elencati, rispetto a qualsiasi altra saga europea moderna.

Riproposizioni visuali della scena madre che qui non si è potuto fare a meno di anticipare, si trovano in tutta Europa: in Scandinavia e nelle aree di diretta influenza vichinga, vale a dire dalla Groenlandia alla Russia, si contano moltissime incisioni su pietra raffiguranti questa e altre scene originate dalla saga. Se si prende atto, come si deve, del fatto che i simboli pagani sono sopravvissuti nell'arte e nella vera e propria religione cristiana, non si fa alcuna fatica nell'affermare che San Giorgio che uccide il Drago, altri non sia che Sigurd/Sigfrido Uccisore di Fafnir, eroe immortale dell'Europa pagana e preso in prestito dal Cristianesimo.

L'incisione di Ramsund è una delle più celebri "pietre runiche" raffiguranti le gesta di Sigurd e altri eventi narrati nella Saga dei Volsunghi. Essa è intagliata su una roccia piatta vicino a Ramsund, nel comune di Eskilstuna, Södermanland, Svezia. Si crede sia stata intagliata intorno all'anno 1030.

La saga è stata redatta nel XIII secolo da autore ignoto, il cui identikit rispecchia comunque quello degli altri grandi maestri letterati islandesi, i quali, ai margini del mondo conosciuto, hanno rimarcato in modo sublime la loro appartenenza etnica ai popoli europei, grazie alle molte saghe di cui godiamo oggi. Come in molte altre saghe, la base fondamentale della storia consiste in un'interpolazione prosastica di antichi poemi, nella fattispecie dell'*Edda Poetica* (*Minora*), in parte ancora reperibili nel *Codex Regius*. La parte che riguarda i primi Volsunghi – da Volsung – non trova riscontro nell'Edda, ma proprio per questo è caratterizzata da un'aura di mistero arcaico che indubbiamente ha affascinato tutti coloro che ne hanno letto, da Wagner a Tolkien. La nascita della stirpe divina ha in sé tutti gli elementi che solo in seguito sarebbero stati immortalati nei poemi eddici, in aggiunta al mistero di una immemore tradizione orale comprovata dalla "ubiquità" del mito di Sigurd. È improbabile, infatti, che un mito così largamente conosciuto e celebrato sia semplicemente frutto di una parafrasi eddica, per quanto questa sia la vera e propria base di questa saga.

L'*Edda Poetica* è stata redatta intorno al X secolo, come terminale storico di una ben più lunga tradizione orale. Il manoscritto originale della saga è datato invece al 1400, e i poemi che lo compongono sono i seguenti:

- *Primo Carme di Helgi Flagello di Hunding*

- *Carme di Regin*

- *Carme di Fafnir*

- *La Profezia di Gripir*

- *Carme di Sigrdrifa*

- *Carme di Sigurd*

- *Breve Carme di Sigurd*

- *Carme di Atli in Groenlandese*

- *Carme di Atli*

- *Antico Carme di Gudrun*

- *Incitamento di Gudrun*

- *Carme di Hamdir*

Oltre a queste fonti poetiche, va aggiunta la parte in prosa, sempre dell'*Edda Antica*, intitolata *Sulla Morte di Sinfjotli*. Naturalmente, al di là da queste fonti accertate, si può solo immaginare quale lunga tradizione orale abbia svolto un ruolo altrettanto importante nella stesura della saga. Nell'elaborazione dei capitoli ci si è attenuti rigidamente alla versione Islandese del 1943-44 a cura del letterato Gudni Jonsson, poiché si ritiene che questa sia quella più fedele all'originale, un manoscritto che si trova nella Biblioteca Reale di Copenhagen. Anche per questo si è ritenuto opportuno non titolare i vari capitoli, a differenza di quanto accade in alcune versioni in lingua inglese consultate. Arbitrariamente, è possibile dividere il racconto in due, se non in tre sezioni fondamentali: dal capitolo I al capitolo XII come parte arcaica, dal XIII al capitolo XXXI come epopea di Sigurd, e dal capitolo XXXII al capitolo XLII come "saga dei Giukunghi (Nibelunghi)". Inutile dire che la peculiarità e il valore della saga intera derivi proprio da questa sua parziale discontinuità, che va invece a formare la naturale unità dell'opera. Il legame addotto alla *Saga di Ragnar Lodbrok*, viene discusso nell'unica nota pertinente, poiché per quanto questo sia ormai assodato, si vuole evitare di anticipare eventi la cui rivelazione sarà soddisfatta dalla lettura.

Gli eventi narrati, che riguardano il periodo delle Grandi Migrazioni, vedono protagoniste le tribù germaniche del tempo, nel teatro dello scontro con gli Unni, un popolo del centro Asia, che perpetuò una spinta verso ovest per più di 40 anni, mentre consolidava la sua presa su tutta l'Europa centrale e orientale, e in gran parte del nord Europa. Nel 433 ebbero un nuovo re, il cui nome era Attila, nella saga Atli, ai cui tempi l'impero degli Unni si estendeva dal Mar Caspio al Mare del Nord. Nel 451 Attila cominciò a muoversi di nuovo verso ovest, con l'intenzione di prendere la Gallia e quindi il resto dell'Impero d'Occidente. Il suo esercito era composto non solo da Unni, ma anche dai contingenti di tutti i popoli conquistati d'Europa: Ostrogoti, Gepidi, Rugi, Sciri, Eruli, Turingi, e altri, tra cui gli Slavi (William Luther Pierce – *Chi Siamo*). Un contingente era composto da Burgundi, ovvero il popolo di riferimento dei Figli di Giuki, che per metá gli Unni avevano soggiogato (e quasi annientato) nel 436. La lotta tra i Burgundi e gli Unni fa quindi da sfondo alla *Saga dei Volsunghi*. Al di là dell'aspetto storico, e al pari di quanto narrato nella *Saga di Re Heidrek*, in cui si legge dei primi scontri tra Unni e Ostrogoti (Tervingi), il fatto che gli Unni siano qui considerati come un altro popolo germanico non deve trarre in inganno e va affrontato con la stessa chiave di lettura proposta nella introduzione alla *Saga di Re Heidrek*: una scelta "teatrale" in cui le due parti (due famiglie più precisamente) sono accomunate dalla stessa scala di valori, cosa che permette alla saga di sviluppare gli eventi nella direzione della tragedia, anziché del genuino resoconto storico, che però spesso riemerge decisamente, come nel tormentato rapporto tra Atli (Attila) e Gudrun (forse la storica principessa Ildico?), o nel triste destino di Gunnar, sicuramente Gundahar, re dei Burgundi.

Nel riemergere della memoria, che ricalca personaggi e popoli storicamente esistiti nel periodo alto-medievale delle Grandi Migrazioni germaniche, la figura del dio Odino (Wotan) è costantemente presente, dando la vittoria e la gloria, come anche preziosi consigli, a chi ritiene più degno, per poi toglierla quando ritiene più opportuno. Anche per questo aspetto preponderante dell'intervento odinico, per quanto comune anche a molte altre saghe islandesi, si ritiene che la *Saga dei Volsunghi* occupi un posto unico nell'epica del Nord... e non solo. L'assonanza del nome Volsung con quello della tribù italica pre-romana dei Volsci, non sembra essere un azzardo velleitario se si scopre che la radice *vǫlsi-* indica un antico culto pagano fallico, simile a quelli praticati nell'Italia arcaica pre-indoeuropea. Un altro accostamento etimologico non indifferente, che ha sempre come riferimento la lingua originale della saga, l'Islandese, è quello che si riscontra nella parola *óskmær*, più propriamente nella radice *ósk-* che starebbe a indicare l'àugure (essendo *óskmær* indicativo di una sorta di vergine dell'augurio, simile alla Valchiria). Se si ponesse il germanico come lingua originale delle varie lingue indo-europee sviluppatesi nel corso dei millenni, come a nostro avviso sarebbe opportuno fare, si potrebbero dare risposte valide alla ricerca etimologica di molte parole altrimenti senza senso, come, in questo caso, il nome della celebre tribù italica degli Osci (che in tal caso sarebbero stati, originariamente, àuguri).

Portando avanti la tesi della "luce dal Nord", istanza oggigiorno tanto valida quanto temuta dalla massa accademica per motivi storico-politici, ci si può rendere conto di quanto forte sia il legame che unisce i popoli europei nel destino comune che Wotan – la parola, l'eloquio, come indica anche il poema runico di Brunilde che verrà riproposto dopo la saga –ha dato a noi Europei in qualità di suo Popolo. Qui sta l'importanza e la validità di quanto viene proposto da queste edizioni delle maggiori saghe norrene, di cui la *Saga dei Volsunghi* è forse l'esempio più eclatante se la si considera, come qui viene suggerito, una "saga odinica", sia per la costante presenza del dio da un occhio solo, sia per la sua funzione di unione tra il passato meta-storico (Volsi), il presente leggendario (Sigurd) e il futuro glorioso se noi, il suo Popolo, avremo ascoltato.

Vidofnir14

CAPITOLO I

Comincia qui la storia, e narra di un uomo chiamato Sigi, che era detto figlio di Odino[1]. Di un altro uomo si narra nella storia, il suo nome era Skadi. Era un uomo potente e importante, eppure era Sigi il più potente tra i due, e il più nobile di nascita, a quanto dicevano gli uomini di quel tempo.

Skadi aveva un thrall[2] che deve essere menzionato in questa storia. Bredi era il suo nome. Era molto capace nei compiti che gli venivano assegnati. Era abile e capace quanto gli uomini che venivano reputati più importanti di lui, e talvolta più di alcuni di loro.

Si narra ora che Sigi fosse andato a caccia di cervi insieme al suo servo, e cacciarono tutto il giorno fino al tardo pomeriggio. Quando misero insieme le prede che avevano cacciato, Bredi ne aveva prese molte più di Sigi, e quest'ultimo non fu affatto felice di ciò. Disse di essere sbalordito dal fatto che un servo fosse più abile di lui nella caccia, e subito dopo lo attaccò, uccidendolo, per poi seppellire il corpo sotto un cumulo di neve.

La sera fece ritorno a casa e disse che Bredi si era inoltrato nel bosco: "Non l'ho più visto, e non so più cosa ne sia stato di lui". Skadi sospettava del racconto di Sigi e credeva che fosse uno dei suoi inganni, e che in realtà avesse ucciso Bredi. Così mandò degli uomini a cercarlo, e la loro ricerca terminò col suo ritrovamento nel cumulo di neve; Skadi disse che da allora lo avrebbe chiamato 'il Cumulo di Bredi' e così ogni grande cumulo di neve fu chiamato in tal modo. Fu così abbastanza chiaro che Sigi aveva ucciso il servo nascondendone il corpo. Così fu bandito[3] e non poté più dimorare a casa con suo padre.

Odino andò con lui quando lasciò il paese, accompagnandolo per un lungo cammino, non lasciandolo finché non lo ebbe portato presso alcune navi da guerra. Così Sigi si imbarcò in spedizioni di saccheggio con la forza che il padre

---

[1] Sigi (*Sieg* in Tedesco) è da intendere come la personificazione della vittoria, o come il protetto di Odino (Wotan) per la vittoria, che da lui era sempre concessa a coloro che riteneva più degni, ma, soprattutto, a coloro che poteva usare meglio per i suoi scopi non sempre immediatamente intelligibili alla mente umana.

[2] Schiavo, servo. Come in altre pubblicazioni si è deciso di mantenere il termine originale norreno affinché la poetica del racconto rimanga connessa al mito di riferimento per il termine stesso. Si rimanda quindi al *Rigsthula*, poema eddico che narra di come Heimdall, nelle sembianze di Rig, dà vita, da tre donne diverse, a coloro che sono i tre archetipi spirituali – e fisici – dei tipi umani componenti la società nordica: Jarl, i nobili guerrieri, Karl, gli uomini liberi dediti al contadinato e all'artigianato, e Thrall, gli schiavi, spesso descritti come pusillanimi e materialisti.

[3] Fu dichiarato 'lupo in luogo sacro', espressione che indicava l'essere un fuorilegge, bandito dalla società e costretto a vagare nelle foreste, lontano dai centri abitati, come un lupo.

gli aveva dato prima che si separassero. Ebbe successo con le sue incursioni, e i suoi affari continuarono fino a quando riuscì a ottenere della terra per sé, e infine un regno. Quindi prese una nobile moglie, divenne un re grande e potente, e governò la terra degli Unni, ed era il più grande dei guerrieri. Ebbe un figlio dalla moglie, che chiamò Rerir. Egli crebbe a casa con suo padre, e presto divenne un giovane alto e valido.

CAPITOLO II

Ora Sigi era diventato vecchio. In molti lo invidiavano, e proprio quelli di cui si fidava di più – i suoi cognati – complottarono contro di lui. Lo attaccarono quando meno se l'aspettava, con pochi uomini al suo seguito, ebbero la meglio su di lui e così Sigi e i suoi uomini furono uccisi in combattimento. Suo figlio Rerir non era a casa in quel tempo e radunò una grande forza tra amici e nobili influenti, riuscendo infine a prendere per sé i domini e il potere regale in successione da suo padre Sigi. Quando pensò di avere il regno ben saldo nelle sue mani, ricordò i torti subiti ad opera dei suoi zii che avevano ucciso suo padre. Così il re radunò un grande esercito e marciò immediatamente contro quei suoi parenti. E se lui dava così poca importanza ai legami di parentela, loro, dopotutto, erano stati i primi a fargli del male. E così lui agì, non fermandosi mai finché non ebbe ucciso tutti gli assassini di suo padre, sebbene fosse una brutta faccenda da ogni punto di vista. Infine ottenne terre, autorità e ricchezza, divenendo più potente di quanto lo fosse stato suo padre stesso.

Ora Rerir prendeva enormi bottini nelle sue incursioni, e sposò una donna che gli sembrava molto adatta a lui, e vissero insieme per un lungo periodo, ma non ebbero un erede, e nessun figlio. Nessuno dei due sembrava felice di ciò e pregarono molto accoratamente affinché gli dèi concedessero loro un figlio. E così, si dice che Frigga[1] ascoltò la loro preghiera e parlò con Odino della loro richiesta. Lui non sapeva come aiutare e convocò una delle sue valchirie, la figlia del gigante Hrimnir, le diede una mela in mano, dicendole di portarla al re. Lei prese la mela, assunse le sembianze di un corvo, e volò fino a raggiungere il re seduto su un monticello. Lasciò cadere la mela nel grembo del re. Lui prese la mela e cercò di indovinare che cosa volesse dire tutto ciò. Quindi lasciò la collina per fare ritorno a casa, parlò con la regina, e mangiò metà di quella mela.

---

[1] Moglie di Odino, Padre di Tutto, e per questo naturalmente riverita come Madre suprema. Il suo aiuto, come quello di Freyia, era spesso invocato per l'aiuto nel dare alla luce un bambino.

Dovete ora sapere che la regina si accorse presto di essere incinta, ma la sua condizione durò per molto tempo senza che lei riuscisse a dare alla luce il bambino. Allora Rerir ebbe necessità di partire per una campagna – una cosa abbastanza comune per un re – per mantenere la pace nel suo regno. Ma Rerir si ammalò durante la spedizione e morì poco tempo dopo. Voleva raggiungere Odino, una cosa assai desiderata da molti in quei giorni.

La malattia della regina, la sua impossibilità di dare alla luce il bambino, continuava allo stesso modo, e dopo sei anni gravava ancora su di lei. Ella sentiva che non le rimaneva molto tempo da vivere e quindi ordinò che il bambino le fosse strappato, e così fu fatto. Era un maschio e, come ci si poteva aspettare, era già abbastanza grande quando fu partorito. Si dice che il ragazzo baciò la madre prima che lei morisse. Gli veniva quindi dato un nome e fu chiamato Volsung. Succedette a suo padre come re della terra degli Unni. Sin dai suoi primi anni fu grande e forte, e pieno di audacia in tutti gli atti e le prove virili. Divenne il più grande dei guerrieri, e la fortuna era con lui in tutte le battaglie che combatteva.

Ora, quando raggiunse l'età adulta, Hrimnir mandò a lui sua figlia Ljod – era lei che aveva portato la mela a Rerir, il padre di Volsung. Lui la sposò. Vissero insieme per lungo tempo e il loro fu un matrimonio felice. Ebbero dieci figli e una figlia; il loro figlio maggiore era Sigmund, e la loro figlia femmina Signy. Questi erano gemelli, e in tutto erano i più belli e i più degni di nota tra i figli di Re Volsung, sebbene, di certo, tutti erano eccellenti, fatto a lungo riconosciuto, dato che i Volsunghi ebbero a lungo fama per la loro determinazione incrollabile, e di gran lunga al di sopra della maggior parte degli uomini, come dicono gli antichi racconti, in astuzia, in abilità e in tutte le cose in generale.

Narra la storia che Re Volsung avesse fatto costruire una magnifica sala, e che in essa si trovasse una quercia, con i rami e i loro fiori variopinti che si estendevano attraverso il soffitto, mentre il tronco era alto quanto tutta la sala, e l'avessero chiamata Barnstokk[1].

---

[1] L'analogia con Yggdrasill, l'albero che collega i Nove Mondi astrali, è lampante come in tutti gli altri casi in cui ricorre il tema dell'albero. Barnstokk, tuttavia, che letteralmente vuol dire tronco-bambino, è stato spesso associato a un culto della fertilità connessa al potere regale, di cui ampiamente si tratta nella Saga degli Yngling. Un'altra connessione valida è quella facente riferimento alle mele di Idunn, dea della poesia (arte strettamente legata a Odino, come dono dell'eloquenza).

CAPITOLO III

C'era un re di nome Siggeir che regnava sul Gautland[1], potente e con molti seguaci. Si recò in visita da Re Volsung, e gli chiese la mano di sua figlia Signy. Il re fu favorevole alla richiesta, ed anche i suoi figli lo erano, ma lei era restia, sebbene avesse chiesto a suo padre di decidere, in questa come in tutte le altre cose che la riguardavano. E il re pensò che fosse opportuno che lei si sposasse, e così fu promessa sposa di Re Siggeir.

E quando venne il momento per il banchetto e il matrimonio, Siggeir venne alla casa di Re Volsung per i festeggiamenti. Il re preparò una splendida festa, e quando tutto fu pronto, arrivarono gli ospiti di Re Volsung e di Re Siggeir al giorno stabilito, e Siggeir aveva al suo seguito uomini di grande importanza. Si dice che grandi fuochi vennero accesi lungo tutta la sala e, come detto prima, al centro si ergeva la grande quercia.

Ora, si narra che mentre gli uomini sedevano attorno ai fuochi di sera, un uomo entrò nella sala. Era un uomo sconosciuto a tutti. Era vestito così: un cappello stravaccato sul capo e a piedi nudi, e aveva brache di lino strette intorno alle gambe. Aveva una spada in mano e si dirigeva verso Barnstokk, e un cappuccio in testa; era molto anziano, austero e con un occhio solo. Così egli estrasse la spada e la affondò nel tronco fino all' impugnatura. Nessuno riusciva a dire una parola di benvenuto all'uomo. Quindi iniziò a parlare, e queste furono le sue parole:

"L'uomo che riuscirà a estrarre questa spada da questo tronco la avrà da me in dono, e presto si accorgerà egli stesso di non aver mai avuto una spada migliore"[2].

Dopodiché il vecchio uscì dalla sala, e nessuno sapeva chi fosse o dove fosse diretto. Ora gli uomini si alzavano, e nessuno si sarebbe tirato indietro dal mettere mano alla spada. Tutti pensavano che il primo a toccarla sarebbe riuscito. Quindi i più nobili andarono prima, e poi gli altri, uno dopo l'altro; e nessuno di loro vi riuscì, poiché, quando la stringevano, la spada non si muoveva affatto. Quindi fu il turno di Sigmund, il figlio di Re Volsung, che dopo aver afferrato la

---

[1] Regione meridionale della penisola scandinava, tradizionalmente nota come "Terra dei Geati" (non dei Goti), e separata dalla Svezia fino al medioevo.

[2] Hilda Ellis Davidson cita testimonianze di cerimonie nuziali e giochi in distretti rurali della Svezia che implicavano alberi o "pali" fino al XVII secolo, e cita un costume in Norvegia "sopravvissuto in tempi recenti" in cui "lo sposo infilzava la sua spada nella corteccia per testare la «fortuna» del matrimonio con la profondità dello squarcio prodotto". È altresì da notare il parallelismo tra la spada conficcata nell'albero e quella nella roccia del ciclo arturiano (Andy Orchard).

spada, la tirò fuori dal tronco come se fosse abbastanza facile. Sembrava a tutti un'arma così eccellente che nessuno pensò di aver mai visto una spada così bella, e Siggeir offrì di comprarla da lui con oro per tre volte il suo peso.

"Avresti potuto estrarla da dove era infilata non meno facilmente di quanto abbia fatto io, se fosse stato tuo diritto averla", rispose Sigmund, "ma ora, dal momento che la mia mano è stata la prima a prenderla, non l'avrai mai, neanche se tu offrissi tutto l'oro che possiedi".

Re Siggeir si adirò a queste parole, e ritenne che gli fosse stata data una risposta insolente, ma dato che era un grande dissimulatore, egli fece come se non gli importasse della faccenda; tuttavia, già quella stessa sera pensò a come avrebbe potuto ricambiarlo, e questo fu ciò che accadde dopo.

CAPITOLO IV

Quella notte, come ci viene narrato, Siggeir dormì con Signy. La mattina seguente il tempo era molto favorevole, così Re Siggeir disse che sarebbe tornato a casa, per non aspettare che si alzasse il vento, e il mare divenisse impossibile da attraversare. La storia non dice che Re Volsung lo abbia dissuaso, né che l'abbiano fatto i suoi figli, specialmente quando videro che Siggeir voleva solo andarsene e abbandonare la festa.

Signy parlò allora a suo padre: "Non voglio andare via con Siggeir, né mi sento affatto affezionata a lui, e il mio dono di seconda vista, dallo spirito guardiano della nostra famiglia[1], mi dice che questa faccenda porterà grande miseria su di noi, a meno che questo matrimonio non venga rapidamente annullato".

"Non devi parlare così, figlia!" disse lui, "perché sarebbe grande vergogna per lui, e per noi, rompere l'accordo senza una giusta causa, e se fosse annullato, allora non potremmo più fidarci di lui, né della sua amicizia, e ci ripagherebbe al

---

[1] Un *Fylgja* era, al pari di un *Hamingja*, uno spirito guardiano degli uomini. Il primo è legato ai poteri ancestrali personificati da animali (orsi, volpi, lupi etc.), e più connesso a una determinata stirpe. È da questa identità molto antica che nascono i vari blasoni delle famiglie nobili, raffiguranti, per l'appunto, animali. Come qui puntualizza Signy, un Fylgja coincideva spesso con poteri soprannaturali, come la seconda vista. Sul potere del *berserk* nella *Saga di Rolf Kraki* vi è un esempio singolare, nel quale Bodvar e i suoi fratelli sono tutti soggetti a una maledizione che lega ognuno di loro a un animale, con Bodvar che, in battaglia, assume le sembianze di un orso. Su *Hamingja* va detto che prevale una connotazione più spirituale e strettamente legata alla 'fortuna' di un individuo (una sorta di 'angelo custode interiore').

meglio che può, e la sola cosa giusta da fare per noi è mantenere la nostra parte nel patto".

Re Siggeir si preparava quindi al ritorno a casa, ma prima di lasciare la loro festa nuziale invitò suo suocero, Re Volsung, a venire da lui nel Gautland a tre mesi da allora, accompagnato da tutti i suoi figli e da quanti uomini volesse e fossero appropriati per il suo rango. In questo modo Siggeir intendeva ripagare lo sgarbo ricevuto durante i festeggiamenti, non restando più di una notte, un comportamento che non si addiceva a nessuno. Quindi Re Volsung promise di venire nel giorno stabilito. Dopodiché genero e suocero di separarono, e Siggeir tornò a casa con sua moglie.

CAPITOLO V

Al giorno stabilito, così narra la storia, Re Volsung e i suoi figli partirono per il Gautland in accordo con la richiesta del loro parente Siggeir. Salparono con tre navi, tutte ben equipaggiate, e viaggiarono molto bene, arrivando con le loro navi nel Gautland in tarda sera.

Quella stessa sera Signy, la figlia di Re Volsung, venne a chiedere al padre e ai fratelli un colloquio privato. Disse quindi che lei riteneva – e così riteneva Re Siggeir! – che Siggeir avesse radunato una forza enorme e invincibile – "e intende rompere i patti con voi. Per cui vi prego", disse lei, "di fare immediatamente ritorno al vostro paese. Radunate l'esercito più grande che potete e poi vendicatevi, piuttosto che cadere in questa trappola, poiché non troverete mancanza di tradimento in lui se non adottate il piano che io desidero per voi".

Allora Re Volsung disse, "Tutti possono testimoniare che, ancora non nato, dissi una parola in cui feci voto solenne di non fuggire mai né il fuoco né il fero per paura. Così ho fatto fino ad ora, e perché non dovrei mantenerlo in vecchiaia? E mai, durante dei giochi, le fanciulle punteranno il dito contro i miei figli perché hanno temuto la morte, perché tutti devono morire un giorno – non c'è modo di fuggire alla morte! E la mia decisione è che non fuggiremo, e faremo la nostra parte agendo col coraggio che abbiamo. Ho combattuto centinaia di volte, spesso ho avuto una forza più grande, e a volte è stata inferiore, ma ho sempre vinto, e mai si è sentito di una mia fuga o che abbia cercato la pace".

Quindi Signy pianse con dolore, e pregò di non dover tornare da Re Siggeir.

"Certo che devi tornare da tuo marito", disse Re Volsung, "e resta con lui, qualsiasi cosa accada a noi".

Così Signy fece ritorno e rimase lì dove erano quella notte. Ma all'alba del giorno dopo, Volsung ordinò ai suoi uomini di alzarsi, andare a terra e prepararsi all'azione. Così tutti andarono a riva armati di tutto punto e non passò molto tempo prima che si presentasse Re Siggeir con tutta la sua armata. La lotta che ne seguì tra loro, fu feroce: il re spronava i suoi uomini all'attacco, e si racconta che Re Volsung e i suoi figli arrivarono alle linee nemiche otto volte quel giorno, colpendo a destra e a sinistra, e proprio quando erano sul punto di farlo di nuovo, Re Volsung cadde nel mezzo della sua schiera e così tutti i suoi uomini, tranne i suoi dieci figli, poiché erano di fronte a una forza superiore, molto più grande di quanto potevano affrontare. Tutti i suoi figli furono fatti prigionieri, legati e portati via.

Signy scoprì che suo padre era stato ucciso, e i suoi fratelli presi e condannati a morte. Quindi convocò Re Siggeir per parlargli in privato, e disse:

"Ti chiedo di non giustiziare i miei fratelli così in fretta, ma di lasciarli per un po' nelle gabbie. C'è un detto appropriato per me: 'anche l'occhio vuole la sua parte', ma non chiedo che gli sia dato altro, perché immagino che sia inutile."

"Devi essere abbastanza fuori di te per chiedere un destino peggiore per i tuoi fratelli che essere passati subito a fil di spada", disse Siggeir, "ma farò come hai chiesto, perché più soffriranno e più lentamente moriranno, più mi sarà gradito".

Quindi ordinò che fosse fatto ciò che lei chiedeva, due grosse gabbie furono preparate, e in un certo punto del bosco i dieci fratelli furono incatenati, e lì restarono tutto il giorno, finché venne la notte. E a mezzanotte una vecchia lupa spuntò dal bosco e venne alle gabbie in cui erano rinchiusi. Era grossa e cattiva. Ciò che fece fu mordere uno dei fratelli fino alla morte, per poi divorarselo e andare via. Il mattino seguente Signy inviò il suo uomo più fidato ai fratelli per capire cosa fosse accaduto. E quando tornò le riferì che uno dei fratelli era morto. Lei pensò che sarebbe stato terribile se tutti avessero fatto la stessa fine, ma non poteva fare niente per aiutarli. Ciò che accadde è presto detto: per nove notti la lupa apparve a mezzanotte, e ogni volta uccise e divorò uno dei fratelli, finché tutti erano morti tranne Sigmund. E allora, prima della decima notte, Signy inviò il suo servo fidato a suo fratello Sigmund. Gli aveva dato del miele, dicendogli di spalmarlo sul volto di Sigmund, e di mettergliene un po' in bocca. Così andò da Sigmund e fece come gli era stato ordinato, per poi tornare a casa.

Quella notte arrivò la lupa come al solito, con l'intenzione di ucciderlo e mangiarlo come aveva fatto coi suoi fratelli. Ma avendo annusato il miele che era stato spalmato su di lui, gli leccò tutta la faccia con la lingua, che poi infilò nella bocca di lui. Lui si fece coraggio e morse la lingua della lupa. Per questo, la lupa diede un violento strattone saltando indietro, colpendo così forte sulla gabbia da piegarne le sbarre, aprendola. Ma lui era rimasto così saldamente fermo che la lingua della lupa si strappò fino alla radice, provocandone la morte. Alcuni dicono che la lupa fosse la madre di Re Siggeir, che aveva assunto quelle sembianze grazie alla magia e alla stregoneria.

CAPITOLO VI

Così Sigmund era libero e la gabbia aperta, ma rimase nel bosco. Signy mandò ancora una volta i suoi per scoprire cosa fosse successo e se Sigmund fosse vivo o meno. E quando arrivarono sul posto, lui disse loro tutti i dettagli del suo incontro col lupo. Quindi ritornarono e riferirono a Signy come erano andate le cose. Così andò lei stessa e trovò suo fratello, e decisero che lui avrebbe costruito un rifugio sotterraneo lungo i boschi, e accadde che per un certo periodo Signy lo nascose lì, inviandogli tutto ciò di cui avesse bisogno. E Re Siggeir pensava ormai che tutti i Volsunghi fossero morti.

Re Siggeir ebbe due figli dalla moglie, e si narra che quando il maggiore ebbe dieci anni, Signy lo mandò da Sigmund, in modo che potesse dargli aiuto, qualora pensasse di tentare di vendicare il padre. Così il ragazzino andò al bosco, e arrivò in tarda sera al rifugio di Sigmund, che lo accolse in modo decoroso, e gli disse che avrebbe dovuto preparare il pane per entrambi – "e io andrò a cercare della legna da ardere". E dopo avergli dato un sacco di farina, Sigmund stesso andò a cercare la legna. Ma al suo ritorno vide che il giovane non aveva fatto nulla per preparare il pane. Allora Sigmund chiese se il pane fosse pronto.

"Io non ho voluto toccare il sacco", disse il bambino, "perché c'era qualcosa che si muoveva nella farina".

Allora Sigmund pensò tra sé che il ragazzo non era abbastanza coraggioso per tenerlo lì con lui. E quando incontrò sua sorella, Sigmund le disse che non aveva ancora un compagno, sebbene con lui ci fosse il ragazzino. Al ché Signy disse, "Prendilo e uccidilo, non c'è bisogno che viva ancora".

E questo è ciò che lui fece.

Passò l'inverno, e l'inverno seguente Signy mandò il suo secondo figlio perché stesse con Sigmund, ma non serve farne una lunga storia, poiché finì allo stesso modo: uccise il ragazzo su ordine di Signy.

CAPITOLO VII

Si narra che in seguito, mentre Signy sedeva nelle sue stanze, una maga molto esperta nelle arti magiche venne da lei. Quindi Signy le parlò: "Desidero che noi due ci scambiamo le sembianze"[1], disse lei.

"Ciò che desideri sarà fatto", rispose la maga, e allora, grazie ai suoi poteri, riuscì a fare in modo che l'una assumesse le sembianze dell'altra, e la maga prese il posto di Signy, come le era stato detto di fare. Quella notte lei dormì con il re, che non si accorse di essere in compagnia di un'altra donna che non era Signy.

Signy, ci viene detto, si recò al rifugio di suo fratello e gli chiese di darle un riparo per la notte – "perché mi perderei qui nella foresta,e non so dove andare".

Lui disse che poteva restare, e che non avrebbe rifiutato di darle un riparo, tutta sola com'era, pensando che non avrebbe mai tradito la sua ospitalità rivelando la sua presenza. Quindi si unì a lui nel rifugio e mangiarono insieme. Gli occhi di Sigmund cadevano spesso su di lei, e vedeva che era una donna bella e attraente. Quando furono sazi, le disse di voler dormire con lei quella notte. Lei non fece alcuna obiezione e per tre notti gli fu accanto. Dopo ritornò e trovò la maga, e le disse che avrebbero dovuto riassumere le loro sembianze, e lei la accontentò.

Dopo qualche tempo, Signy diede alla luce un figlio. Fu chiamato Sinfjotli, e quando crebbe divenne alto, forte e bellissimo, e assomigliava molto marcatamente ai Volsunghi, e non aveva ancora dieci anni quando lei lo mandò da Sigmund, nel suo rifugio. Prima di avergli mandato i suoi due precedenti figli, li aveva messi alla prova: aveva cucito le loro vesti sulle loro braccia, passando l'ago attraverso la pelle e le carni. Loro avevano reagito molto male, gridando mentre lo faceva. Aveva fatto lo stesso con Sinfjotli. Non aveva fatto una piega. Poi gli aveva tirato via la veste, in modo che la pelle venisse strappata con le maniche, credendo che questo gli avrebbe fatto male.

"Questo non farebbe male a nessun Volsungo", fu la sua risposta, e così il ragazzo venne da Sigmund.

---

[1] Un incantesimo che consisteva nell'assumere le sembianze di un'altra persona, ancorché non per scambio vicendevole, si ricorda anche nel famoso mito di Re Artù, nel quale, a seguito di un incantesimo operato da Merlino, Uther assume le sembianze del duca di Cornovaglia e giace con sua moglie Igraine, generando Artù.

Sigmund gli ordinò di impastare della farina per il loro pasto, mentre lui sarebbe andato a prendere la legna, dandogli un sacco. Quindi andò a tagliare la legna, e al suo ritorno Sinfjotli aveva finito di cucinare. Allora Sigmund gli chiese se avesse trovato qualcosa nella farina.

"Non sono sicuro se ci fosse qualcosa di vivo nella farina quando ho iniziato a impastare", disse lui, "ma ho continuato a impastare, qualunque cosa fosse".

Sigmund rise per quello e disse: "Non penso che mangerai mai questo pane stasera, perché hai impastato un grosso serpente velenoso lì dentro". Sigmund era così forte che poteva ingerire veleno senza subirne alcun danno. Ma Sinfjotli, sebbene potesse sopportare il contatto esterno con il veleno, non poteva né mangiarlo né berlo.

CAPITOLO VIII

La storia dice che Sigmund pensava che Sinfjotli fosse troppo giovane per aiutarlo nella vendetta, e decise che prima gli avrebbe fatto fare qualche esperienza che richiamasse alla forza e alla determinazione. Per alcune estate vagarono per la foresta in lungo e in largo, uccidendo uomini per derubarli. Sigmund pensò che avesse preso dai Volsunghi, e molto, ma lo credeva figlio di Re Siggeir, con le tendenze maligne di suo padre, anche se aveva la forza e l'energia dei Volsunghi: tuttavia non pensava che sentisse molto attaccamento alla sua famiglia, poiché spesso gli ricordava dei torti subiti e lo incitava continuamente a uccidere Re Siggeir.

Un giorno andarono di nuovo nella foresta in cerca di bottino, e arrivarono a un casolare, al cui interno vi erano due uomini che dormivano, con grossi anelli d'oro. Essi erano succubi di un incantesimo, e pelli di lupo erano attaccate alle pareti della casa. Avevano il potere di tramutarsi in lupi ogni dieci giorni. E i due erano principi. Sigmund e Sinfjofli indossarono le pelli di lupo, ma non riuscivano più a uscirne – poiché il misterioso potere vi risiedeva, e ululavano anche come due lupi, capendo l'uno cosa diceva l'altro. Tornarono tutti e due nei boschi, ognuno in una direzione, e si accordarono di rischiare affrontando un massimo di sette uomini, non di più, e chi avesse trovato problemi avrebbe dovuto ululare:

"E atteniamoci a questo piano", disse Sigmund, "perché sei giovane e temerario, e gli uomini vorranno darti la caccia per questo".

Quindi ognuno andò per la sua strada. E dopo che si erano separati, Sigmund incontrò sette uomini e ululò con il suo verso da lupo. Sinfjotli lo udì, venne subito sul posto e li uccise tutti. Si separarono nuovamente. E prima che Sinfjotli avesse percorso una grande distanza nella foresta, si imbatté in undici uomini e combatté contro di loro, uccidendoli tutti. Lui fu gravemente ferito, e si riposò sotto una quercia. Quindi venne Sigmund e disse:

"Perché non hai chiamato?"

"Non volevo invocare il tuo aiuto", disse Sinfjotli, "tu sei stato aiutato per uccidere sette uomini, e io, che sono poco più che un bambino rispetto a te, non ho chiesto aiuto per ucciderne undici".

Sigmund lo attaccò così violentemente che lui indietreggiò e cadde, e Sigmund lo morse alla gola. Quel giorno non riuscirono a liberarsi delle pelli di lupo. Allora Sigmund se lo mise sulle spalle e lo riportò a casa, per prendersi cura di lui, e maledisse le pelli di lupo, desiderando che le prendessero i troll[1].

Un giorno Sigmund vide due donnole, e una morse l'altra alla gola, per poi correre nel bosco e prendere una foglia, che pose sulla ferita dell'altra, guarendola del tutto. Sigmund si allontanò e vide un corvo[2] che volava vicino a lui, e che gli portò una foglia simile. Quindi la pose sulla ferita di Sinfjotli, che subito saltò su abbastanza guarito, come se non fosse mai stato ferito. Poi fecero ritorno al loro rifugio sotterraneo e vi restarono finché non furono in grado di liberarsi delle pelli di lupo. Le presero e le gettarono nelle fiamme, dicendo che così non avrebbero più messo nessuno nei guai. Eppure sotto quella maledizione erano riusciti a compiere molte scorrerie nel territorio di Re Siggeir.

E quando Sinfjotli era ormai cresciuto, Sigmund pensò di averlo messo sufficientemente alla prova. E non passò molto tempo prima che Sigmund decidesse che era giunto il momento di vendicare suo padre, se solo avesse potuto. Così un giorno lasciarono il loro rifugio nella foresta, arrivando al dominio di Re Siggeir nel tardo pomeriggio, e andarono alla stanza più esterna della sala. All'interno trovarono alcuni fusti di birra e vi si nascosero. Ora la regina sapeva dove si trovavano, e voleva andare a incontrarli e vederli, e quando si incontrarono decisero di vendicare loro padre dopo il calare della notte.

Signy e il re avevano due figli in tenera età. Stavano giocando sul pavimento con giocattoli d'oro, che facevano rotolare a terra correndogli dietro. E un anello

---

[1] Il termine troll è primariamente utilizzato per descrivere creature mostruose, fuori dalla grazia degli dèi, ma spesso ricorre anche per descrivere esseri umani con poteri spaventosi, compresi gli uomini lupo. È chiaro se qui si riferisca ai troll come maledizione per le pelli di lupo che hanno causato loro solo problemi.

[2] I corvi sono gli uccelli di Odino, che evidentemente continua a vegliare sui suoi prediletti Volsunghi. Hugin e Muninn (pensiero e memoria) sono i corvi che Odino inviava in ogni luogo per avere notizie di tutto. La loro natura è descritta nel poema eddico *Grímnismal*, nonché nell'*Edda* in prosa (*Gylfaginning*) e nella *Saga degli Yngling*.

d'oro rotolò nella stanza dove si trovavano Sigmund e il suo compagno, e il bambino corse a prenderlo. E lì intravide due uomini alti, dall'aspetto feroce, con elmi che gli ricoprivano il volto e luccicanti cotte di maglia. Quindi tornò di corsa nella sala da suo padre e gli disse ciò che aveva visto. E così il re iniziò a sospettare che ci fosse stato un tradimento. Signy aveva ascoltato ciò che avevano detto. Si alzò, prese i due bambini e si diresse alla stanza esterna, per dire ai suoi che i bambini li avevano fatti scoprire – "e penso che ora dobbiate ucciderli".

"Non ucciderò i tuoi figli, neanche se mi hanno fatto scoprire", disse Sigmund.

Ma Sinfjotli non ne fu affatto turbato. Sguainò la spada e uccise i bambini, gettandoli poi nella stanza interna, proprio davanti a Re Siggeir. Allora il re si alzò e chiamò le guardie perché prendessero gli uomini che si erano nascosti all'esterno durante la sera. Così alcuni dei suoi uomini andarono alla stanza esterna per prenderli, ma loro attuarono una difesa prode ed efficace, e a lungo l'uomo che capitava più vicino a loro pensò di avere la peggio; ma alla fine Sigmund e Sinfjotli vennero sopraffatti, catturati, e quindi legati e messi in gabbia, e lì passarono tutta la notte.

Intanto il re rifletteva su quale potesse essere la morte più lenta e dolorosa per loro, e quando venne il giorno, il re fece costruire un enorme tumulo funerario di pietre e terra, e quando fu pronto fece porre un'enorme lastra di pietra al centro, in modo che un'estremità fosse diretta in su e una in giù. Ma la pietra era così grande che raggiungeva anche i lati della tomba, ed era impossibile aggirarla. Quindi fece portare Sigmund e Sinfjotli e li fece entrare nell'antro, ognuno da un lato della pietra, poiché pensava fosse peggio per loro essere soli ma potersi udire a vicenda. Ma ora, mentre li coprivano di terra, giungeva Signy, con un mucchio di paglia con sé. La tirò giù verso Sinfjotli, e disse ai servi di tenerlo nascosto al re. Dissero che l'avrebbero fatto, e così l'antro fu chiuso.

Quando fu buio, Sinfjotli disse a Sigmund:

"Di sicuro non saremo a corto di cibo per un po'. La regina ha buttato carne di maiale nell'antro – l'ha avvolta nella paglia".

Smistò ancora la carne e scoprì così che vi era in mezzo la spada di Sigmund – la riconobbe toccandone l'elsa, poiché era buio dentro. E lo riferì a Sigmund. Furono entrambi entusiasti. Allora Sinfjotli infilò la punta della spada nella lastra di pietra e tirò giù con forza. La spada penetrò nella pietra. Sigmund afferrò la punta della spada, e quindi squarciarono la lastra, non fermandosi fino a quando non la tagliarono tutta, dice il poeta:

.

"Sinfjotli tagliava
e Sigmund con lui,
Con la forza dei due
fu aperta la pietra".

Così entrambi furono liberi e di nuovo insieme nell'antro, e tagliavano pietra e persino ferro, fino a uscire dall'antro. Quindi fecero ritorno alla sala, dove tutti dormivano. Portarono legna nella sala e la incendiarono, e quelli all'interno della sala furono risvegliati dal fumo e dalla sala in fiamme su di loro. Il re chiese chi avesse acceso il fuoco. "Siamo qui, io e Sinfjotli, il figlio di mia sorella", disse Sigmund, "e vogliamo che tu sappia che non tutti i Volsunghi sono morti".

Poi disse alla sorella di uscire per ricevere da lui ogni onore e stima, intendendo così ricompensarla per ciò che aveva sofferto.

"Vedrai ora se ho tenuto a memoria l'uccisione di Re Volsung da parte di Re Siggeir!" rispose lei, "e ho fatto uccidere tutti i nostri figli perché mi sembravano troppo incapaci di vendicare nostro padre, e sottoforma di una strega sono venuta da te nella foresta, e Sinfjotli è nostro figlio, tuo e mio. Il suo immenso vigore è dovuto al fatto che è il nipote di Re Volsung, da parte di suo padre come di sua madre[1]. Tutto ciò che ho fatto era diretto alla morte di Re Siggeir. E ho fatto così tanto per avere vendetta che non penso neanche di continuare a vivere. Morirò con Re Siggeir, per quanto sia stata riluttante a sposarlo".

Quindi baciò suo fratello Sigmund, e Sinfjotli, e tornò di nuovo nel fuoco, e lì morì con Re Siggeir e tutti i suoi uomini.

I due parenti radunarono un seguito e delle navi, e Sigmund tornò nella terra di suo padre, e cacciò da lì il re che si era stabilito al posto di Re Volsung. Sigmund divenne ora un re potente e di grande fama, saggio e ambizioso. Sposò una donna di nome Borghild. Ebbero due figli, uno di nome Helgi[2] e l'altro

---

[1] Il senso dell'incesto è qui nettamente diverso da quello che si può riscontrare, per esempio, nella *Saga di Rolf Kraki*. In quella, infatti, Yrsa, non appena messa al corrente della situazione, fuggiva disperata per non tornare mai più da suo padre/marito Helgi, essendo stata la loro unione frutto di un torbido inganno da parte di sua madre Olof. Questa regina sassone aveva semplicemente messo a punto una vendetta spregevole nei confronti di Helgi, che unendosi con sua figlia Olof avrebbe dato i natali a Rolf, triste eroe dal destino maledetto. Nella Saga dei Volsunghi si tratta sempre di pura vendetta, ma l'incesto tra i gemelli, figli di Volsung e di stirpe semi-divina, è più da intendere come un confluire di due entità superiori nella creazione del guerriero perfetto, spietato e assetato di vendetta.
[2] Il nome ricorda quello di Helgi, figlio di Halfdan di Danimarca, di cui si narra nella *Saga degli Yngling* e in quella di Rolf Kraki. Il testo che tuttavia riconduce all'identità di Helgi come

26

Hamund. E quando nacque Helgi, le Norne[1] apparvero, e gli diedero la conoscenza del proprio destino, dicendogli che sarebbe stato il più grande di tutti i re. Sigmund era appena tornato a casa dalla guerra, e portando con sé dell'aglio[2] andò a vedere suo figlio, e così gli diede il nome di Helgi, e i suoi doni per l'occasione furono Hringstadi e Solfell[3], e una spada, e disse lui di andare sempre avanti nella vita, come un vero Volsungo. Crebbe e divenne un uomo di animo nobile e beneamato, e le sue abilità superavano quelle della maggior parte degli uomini in molte cose. Si narra che andò a saccheggiare all'età di quindici anni. Helgi era a capo delle truppe, ma Sinfjotli gli fu messo accanto, e condivisero il comando.

CAPITOLO IX

Ci viene poi detto che Helgi, durante una delle sue spedizioni, incontrò un re di nome Hunding[4]. Era un re potente, con uomini al suo servizio e terre sotto il suo comando. Si affrontarono in battaglia, ed Helgi andò alla carica con vigore, fu vittorioso, e Re Hunding cadde con molti dei suoi uomini. La fama di Helgi era così aumentata notevolmente, dopo aver ucciso un re così potente. Allora i figli di Hunding radunarono un grande esercito per vendicare il padre. Ne seguì una sanguinosa battaglia, ed Helgi si fece strada tra i ranghi serrati dei fratelli, arrivando agli stendardi dei figli di Re Hunding. Di questi egli uccise: Alf, Eyolf, Hervard e Hagbard, ottenendo quindi una grande vittoria.

E ritornando dalla battaglia, Helgi si imbatté in un folto gruppo di donne vicino a una foresta. Il loro aspetto era notevole, ma una di loro spiccava su tutte. Stavano cavalcando con vesti molto eleganti. Helgi chiese alla donna chi le

coincidente con quella del figlio di Sigmund, è il *Gesta Danorum* di Saxo Grammaticus, che narra della sua contesa e vittoria sui figli di Granmar che sono riportati in questa saga.

[1] Le Norne erano personificazioni delle forze attive nel destino (*wyrd-orlog*) di un individuo, simili alle parche della Tradizione greco-romana. Quelle a cui qui si fa riferimento, trattandosi di stirpe regale, e nonostante non sia espresso palesemente, sono le Norne maggiori, di cui si parla nell'Edda. I loro nomi sono *Urd* (Ciò che era), *Verdandi* (Ciò che è in essere) e *Skuld* (Ciò che sarà). Le tre divinità hanno potere su tutti gli altri esseri, dèi compresi. Le tre streghe del *Macbeth* devono la loro origine a queste importanti figure tradizionali nordiche.

[2] L'aglio, o il porro, era considerato un elemento magico e protettivo, come si vedrà in seguito nel poema delle rune di Brunilde.

[3] Hringstadi è quasi sicuramente Ringsted, in Zelanda, sede dell'Althing (assemblea) della regione per tutto il medioevo e residenza regale occasionale. Solfell non trova riscontro diretto in località esistenti, etimologicamente si identifica con "montagne del sole" (*Solfjöll*).

[4] Hunding è conosciuto come un re norvegese nel *Flateyarbok* e come figlio del re sassone Syrik, in Saxo Grammaticus.

guidasse e quale fosse il suo nome, e lei rispose di chiamarsi Sigrun, e di essere la figlia di Re Hogni.

"Venite con noi, sarete le benvenute", disse Helgi.

"Bere con te non è il compito che abbiamo", disse allora la principessa.

"E qual è, Principessa?" disse Helgi.

"Re Hogni", rispose lei, "mi ha promessa a Hodbrod, figlio di Re Granmar, ma ho giurato di non averlo come marito più di quanto lo possa essere un corvo starnazzante – ma si arriverà comunque a quello, a meno che non lo fermiate e lo affrontiate con un esercito e mi portiate via, poiché non c'è re con cui io voglio sposarmi, se non voi".

"Rincuoratevi, Principessa", disse lui, "metteremo alla prova il nostro coraggio piuttosto che farvi sposare lui, e prima vedremo chi di noi due prevarrà, e dedicherò la mia vita a questo".

E così Helgi inviò uomini con doni in denaro per invitare altri ad unirsi a lui, e fece di Raudabjorg il punto di ritrovo per l'intera forza. Lì Helgi attese finché un grande corpo di uomini lo raggiunse da Hedinsey[1], e inoltre un gran numero si unì a lui da Norvasund[2] a bordo di gandi navi. Re Helgi chiamò a sé il capitano delle navi – Leif era il suo nome – e gli chiese se avesse contato i suoi uomini, e lui rispose:

"Non è facile contarli, Signore. Sulle navi venute da Norvasund ci sono dodicimila uomini, ma l'altra forza è di gran lunga maggiore".

Allora Re Helgi ordinò loro di dirigersi a Varinsfjord[3], e così fecero. Ma una grande tempesta li colpì: il mare era così mosso che quando le onde si infrangevano sui lati della nave, sembrava quasi che due grandi massi collidessero tra loro. Helgi disse quindi agli uomini di non avere paura, e di non ammainare le vele, ma invece issare ognuna ancora più in alto – erano sul punto di affondare per non giungere mai a terra; quindi Sigrun, figlia di Re Hogni, venne alla spiaggia con un grande seguito, e da lì li fece guidare verso un porto sicuro chiamato Gnipalund; gli abitanti del posto videro ciò che stava accadendo, e alla spiaggia arrivò il fratello di Re Hodbrod, che governava una terra chiamata Svarinshaug[4]. Li chiamò e gli chiese chi fosse al comando di quella grande forza. Sinfjotli si fece avanti, e in testa aveva un elmo che luccicava come se fosse di

---

[1] Isola di Hiddensee, nel mar Baltico, oggi appartenente alla Germania.
[2] *Norvasund* indica lo stretto di Gibilterra, ma essendo questo un improbabile punto di partenza per una spedizione bellica di quel tipo, si ritiene che *Orvasund* sia il nome esatto del luogo in questione, essendo così citato nell'Edda Poetica (*Primo carme di Helgi uccisore di Hunding*).
[3] Non identificabile, andando per logica si potrebbe trattare della Baia di Wärnemunde (Germania).
[4] Si è tentati di identificarla con il distretto di Schwerin, sempre in Germania.

vetro, e indossava una cotta di maglia bianca come la neve; una lancia con una bellissima bandiera aveva in mano e davanti a lui uno scudo decorato in oro. E ben sapeva come discutere con i re:

"Quando avrai dato da mangiare ai tuoi porci e ai cani, e incontrerai tua moglie, di' questo: i Volsunghi sono qui, e Re Helgi può essere trovato qui con le sue truppe, se Hodbrod vuole trovarlo, ed è suo piacere battersi con gloria mentre tu baci le ancelle attorno al fuoco".

"Non sembri in grado di dire niente di molto onorevole o raccontare di storie antiche, tu che dici menzogne su uomini di alto rango", rispose Granmar [1]. "Più probabile, invero, è dire che ti sei cibato di prede di lupo nelle foreste e hai ucciso i tuoi fratelli, ed è cosa straordinaria che tu, che hai succhiato il sangue di più d'un freddo cadavere, possa osare di trovarti nell'armata di uomini d'onore".

"Forse non ricordi bene di quando eri una völva nel Varinsey" [2], rispose Sinfjotli, "e dichiarasti di volere un marito e hai scelto me. E poi sei stato una valchiria ad Asgard, e tutti stavano per combattere tra loro a causa tua, e a Laganess ho avuto nove lupi da te, e io ero il padre".

"Vedo che hai grande abilità nel mentire", risposte Granmar, "ma non penso che tu possa mai essere il padre di qualcuno, dato che sei stato castrato dalle figlie del gigante a Thrasness, ed eri il figliastro di Re Siggeir, ed eri solito scorazzare nei boschi con i lupi, e ogni malasorte scendeva su di te. Hai ucciso i tuoi fratelli, facendoti una cattiva reputazione".

"Non ricordi quando eri la cavalla con lo stallone Grani", rispose Sinfjotli, "e come ti ho cavalcato al galoppo spedito a Bravoll? Poi sei stato anche la capra del gigante Golnir".

"Preferisco nutrire gli uccelli con la tua carcassa piuttosto che continuare ad altercare con te", disse Granmar.

"Sarebbe meglio per voi due, e un atto più virile, combattere", disse allora Re Helgi, "piuttosto che dire cose vergognose a udirsi, e i figli di Granmar non sono miei amici, per quanto siano uomini duri".

---

[1] Granmar appare anche nella *Saga degli Yngling* come re di Södermanland, genero di Re Hogni del Gautland.

[2] Quella che qui sta avendo inizio è una *senna*, ovvero uno scambio reciproco di insulti, spesso tendenti all'accusa di omosessualità, e per questo molto gravi e sintomo di aggressione esplicita. La *völva* è una figura femminile dedita alla preveggenza e all'interpretazione di sogni o visioni. Gli insulti sono quasi sempre conditi con elementi mitologici, essendo questo divertente dialogo una sorta di *topos* letterario a tutti gli effetti, per cui si troveranno riferimenti "colti" ad Asgard, i Giganti, battaglie leggendarie etc. Nel *Secondo carme di Helgi uccisore di Hunding*, questa *senna* vede coinvolti Sinfjotli e Gudmund, fratello di Hodbrod, anziché Granmar, che ne era il padre. Questo può essere il motivo della discordanza che ne segue, con Granmar che si reca a parlare con Hodbrod.

Allora Granmar andò incontro a Re Hodbrod, in un luogo chiamato Solfell, I nomi dei loro cavalli erano Sveipud e Sveggjud. Si incontrarono all'entrata del castello e Granmar disse a Hodbrod del nemico in avvicinamento. Re Hodbrod era vestito di maglia, e aveva un elmo in testa. Egli chiese quindi di chi si trattasse –

"E perché sei così adirato?"

"I Volsunghi sono alla baia con dodicimila uomini, e settemila sono all'isola di Sok", disse Granmar, ma la loro forza più grande è a Grindir, e credo che Helgi abbia intenzione di dar battaglia".

"Mandiamo un messaggio in tutto il nostro regno", disse il re, "e affrontiamoli. Non stiano a casa coloro che vogliono battersi! Mandiamo parola ai figli di Hring, e a Re Hogni, e ad Alf il Vecchio – che sono potenti guerrieri[1]".

Si incontrarono in un luogo chiamato Frekastein, e lì iniziò una feroce battaglia. Helgi caricò in avanti tra le fila del nemico. Molte furono le vittime lì. Videro quindi una folta schiera di guerriere, che sembrava di guardare tra le fiamme di un incendio. Sigrun, la figlia del re, era lì. Re Helgi raggiunse Re Hodbrod, e lo colpì uccidendolo sotto il suo stendardo.

"I miei ringraziamenti per questo atto valoroso", disse allora Sigrun. "Queste terre cambieranno padrone. Questo è un giorno felice per me, e per questo otterrete onore e nomanza, avendo ucciso un re così potente".

Re Helgi prese quel regno e vi dimorò a lungo. Sposò Sigrun, diventando un re di grande onore e fama, ma non apparirà più in questa saga.

CAPITOLO X

I Volsunghi tornavano quindi a casa, e di nuovo avevano accresciuto la propria reputazione. Sinfjotli tornò a compiere incursioni. Aveva visto una donna molto bella e la desiderava più di ogni altra cosa. Ma il fratello di Borghild, la moglie di Re Sigmund, voleva anch'egli la mano di quella donna. Si affrontarono in battaglia per questo motivo e Sinfjotli uccise quel re. In seguito si recò in scorrerie in una vasta area, combatté molte battaglie e fu sempre vittorioso. Divenne un uomo molto famoso e rinomato, e fece ritorno a casa quell'autunno con un gran numero di navi e ricchezze in abbondanza.

Disse quindi a suo padre della notizia, e lui la riferì alla regina. Lei disse a Sinfjotli di lasciare il regno, perché non aveva più alcuna intenzione di vederlo. Sigmund disse che non lo avrebbe mai cacciato, e si offrì di compensarla con oro

---

[1] Sono tutti re di cui si ha nota nella Saga degli Yngling.

e grandi ricchezze per la perdita di suo fratello, sebbene non avesse mai elargito compensazioni a nessuno prima di allora. Egli diceva che era sempre una sconfitta quando ci si inoltrava in una disputa con una donna. Quindi lei vide che non poteva ottenere ciò che voleva nella vicenda.

"Vostra deve essere la scelta, mio Signore, poiché così è giusto", disse lei.

E così, con il consenso del re, fece preparare un banchetto per il funerale di suo fratello, provvedendo per il miglior cibo e le migliori bevande, e vi invitò molti uomini importanti. Borghild serviva le bevande personalmente. Arrivò a Sinfjotli con un grande corno per bere e disse:

"Ora bevi, figlio adottivo".

Egli prese il corno, vi guardò dentro e disse:

"La bevanda è torbida".

"Dalla a me, allora", disse Sigmund. La bevve tutta.

"Perché altri uomini devono bere la tua birra?" disse la regina. Venne una seconda volta a portare un corno.

"Bevi ora", disse, rimproverandolo con molte parole. Egli prese il corno e disse: "La bevanda è stata alterata".

"Dalla a me allora", disse Sigmund.

Una terza volta venne la regina, e gli ordinò di svuotare il corno, se aveva il coraggio dei Volsunghi. Sinfjotli prese il corno e disse: "Questa bevanda è stata avvelenata".

"Filtrala con i baffi allora, figliolo", esclamò Sigmund in risposta. Il re era molto ubriaco e per questo parlò così. Sinfjotli bevve e subito cadde a terra esanime. Sigmund si alzò, quasi soccombendo per il suo dolore, prese il suo corpo tra le braccia e andò via verso il bosco, finché non giunse a un fiordo. Lì vide un uomo in una piccola barca. L'uomo chiese se voleva essere traghettato attraverso il fiordo. Lui disse di sì, ma la barca era così piccola che non poteva trasportarli tutti e tre, e prese prima il corpo, mentre Sigmund li seguiva camminando a riva. Ma un istante dopo la barca scomparve dalla vista di Sigmund, e l'uomo con essa[1]. Allora Sigmund tornò a casa, e bandì la regina, che morì poco tempo dopo. Re Sigmund allora governò il suo regno come prima, ed è ritenuto il più grande e valoroso re dei tempi antichi.

CAPITOLO XI

---

[1] Odino nella sua funzione di psicopompo, ovvero di traghettatore di anime nell'aldilà. Ciò a cui qui si assiste, tuttavia, è la diretta ascensione di Sinfjotli al Reame di Odino, il Valhalla (Sala dei Caduti), evidentemente per le sue indiscutibili doti guerriere.

C'era un re famoso e potente, chiamato Eylimi[1]. Sua figlia si chiamava Hjordis. Era la più bella e la più saggia di tutte le donne. E Re Sigmund sentì parlare di lei, e nessun'altra gli si addiceva di più. Sigmund allora partì per fare visita a Re Eylimi, che fece preparare un grande banchetto per accoglierlo, se la sua visita non avesse avuto intenti ostili. Vi fu uno scambio di messaggi tra i due, così che si incontrarono in amicizia, senza propositi di guerra. Alla festa vi era il meglio di ogni cosa e molti erano i presenti. Mercati vennero allestiti per Re Sigmund su tutta la via principale, e altre amenità per accoglierlo nella sua visita. Quindi arrivarono alla festa, e i due re condivisero la stessa sala. Anche Re Lyngvi, figlio di Re Hunding, era presente, ed anche lui avrebbe voluto Re Eylimi come suocero. Non immaginava che la sua missione sarebbe finita allo stesso modo di quella del padre, e pensava che colui che non fosse stato accontentato avrebbe comunque creato scompiglio.

Quindi il re disse alla figlia: "Tu sei una donna saggia, e ho detto che dovresti essere tu a scegliere tuo marito. Scegli dunque tra i due re, e la tua decisione nella faccenda sarà anche la mia".

"Non la trovo affatto una faccenda semplice", rispose lei, "Ma sceglierò quello che ha fama migliore, e cioè Re Sigmund, per quanto abbia ormai i suoi anni".

Quindi venne data a lui, e Re Lyngi andò via. Sigmund si sposò e prese in moglie Hjordis. Ogni giorno di più furono festeggiati e con più gloria del giorno prima. In seguito Sigmund tornò a casa nella Terra degli Unni, e Re Eylimi, il suocero, venne con lui per vedere il suo regno.

Ma ora Re Lyngi e i suoi fratelli riunivano insieme un esercito per muoverlo contro Sigmund, poiché, sebbene avessero sempre avuto la peggio nelle contese, questo sarebbe stato l'ultimo affronto. Intendevano ora spezzare l'orgoglio dei Volsunghi. Così giunsero nella Terra degli Unni, e inviarono un messaggio a Re Sigmund, non volendo coglierlo di sorpresa, ed essendo certi che non sarebbe fuggito da loro. Re Sigmund disse che li avrebbe incontrati in battaglia. Riunì la sua armata e Hjordis fu portata nel bosco, scortata da un'ancella, e un grande tesoro andò con loro. Lì rimase durante lo scontro.

I vichinghi balzarono dalle loro navi in numero schiacciante. Re Sigmund ed Eylimi innalzarono i loro stendardi e i corni risuonarono. E allora Sigmund soffiò il corno che era stato di suo padre e spronò i suoi uomini alla lotta. La forza di Sigmund era in numero assai inferiore. Ora una battaglia feroce si scatenava, e Sigmund, vecchio com'era, combatteva come un selvaggio ed era

---

[1] Citato occasionalmente nell'Edda Poetica, nulla si conosce di lui.

sempre il primo dei suoi uomini. Né scudo né cotta di maglia poteva resistergli, e quel giorno riusciva costantemente a perforare le fila dei suoi nemici, e nessun riusciva a vedere quale esito potesse avere la battaglia tra di loro. Moltissime lance fendevano l'aria, e anche frecce, ma le sue custodi[1] vegliavano su di lui, e così restava senza un graffio, e non si potevano contare gli uomini caduti dinanzi a lui. Entrambe le sue braccia erano insanguinate fino alle spalle.

Ora, dopo che la battaglia era andata avanti per un po', un uomo avvolto in un mantello nero e un cappello che gli copriva il volto entrava in scena. Aveva un occhio solo e una lancia in mano[2]. L'uomo avanzò contro Re Sigmund tenendo la lancia alta per farsi strada, e quando Re Sigmund lo attaccò ferocemente, la sua spada si infranse sulla lancia, aprendosi in due. Dopo questo il bilancio delle perdite si invertì: la buona sorte di Re Sigmund era cambiata e subì pesanti perdite. Il re non se ne curò e spronò ancora i suoi uomini arditamente. Ma il detto per cui "il numero conta" era quello adatto alla situazione.

CAPITOLO XII

In quella battaglia cadde Re Sigmund, e cadde il suo suocero, Re Eylimi, al comando delle sue truppe, insieme alla parte migliore del suo esercito.

Re Lyngi allora fece visita alla residenza reale, con l'intento di trovare e rapire la figlia del re, ma non vi riuscì. Non vi trovò né donna né ricchezza. Quindi attraversò il paese e divise il territorio tra i suoi uomini. Ora pensava di aver eliminato tutta la famiglia dei Volsunghi, e che quindi da allora in poi non ci sarebbero stati motivi di preoccupazione.

La notte dopo la battaglia, Hjordis raggiunse i caduti, arrivando al punto in cui giaceva Re Sigmund, e chiese se potesse essere curato.

"Molti uomini si sono ripresi quando c'era ormai poca speranza", rispose lui, "ma la mia buona sorte è cambiata, e quindi non voglio essere curato. Odino non

---

[1] Il termine utilizzato in Islandese è *spadísir*, che include quindi sia *spa* – profezia, che *dísir* – dèe protettrici. Per questo si è ritenuto opportuno tradurre con il termine "custodi", che si addice alla funzione di entrambe le divinità. Più di una fonte accorpa le nome (minori) alle *dísir*, che sono un insieme di esseri femminili che comprende anche le dèe come Freyia, Frigga, Sif, Nerthus etc. Si ritiene che le *dísir* avessero il compito di vegliare su un individuo o una famiglia, e un loro culto prevedeva un particolare rito che si teneva nella metà di Ottobre (*Saga degli Ynglìng* c. 33).
[2] Classici segni di riconoscimento della figura di Odino, che qui ha deciso il destino di Re Sigmund. Quando Odino sancisce la sconfitta di un suo protetto, vuol dire che lo ha scelto, in questo caso personalmente, per unirsi ai suoi *Einherjar*, i guerrieri che riunisce nel *Valhalla* perché tornino a combattere al suo fianco l'ultima battaglia, nel *Ragnarok*.

vuole che io sguaini ancora la spada, perché ora è rotta. Ho combattuto finché ciò piaceva a lui".

"Io penso", disse lei, "che l'unica cosa che voglio e che tu sia curato e possa vendicare mio padre".

"Questo è il compito di un altro", disse il re. "Tu aspetti un figlio maschio. Crescilo bene e con cura – il ragazzo sarà famoso e il migliore della nostra casata. Cerca anche i frammenti della spada. Una bellissima spada sarà fatta con quelli – sarà chiamata Gram, e nostro figlio la prenderà, e compirà molte grandi gesta con essa, gesta che nessuno dimenticherà mai, e il suo nome vivrà finché vivrà il mondo. E ora sii felice di questo. Ma le mie ferite mi stancano, e ora andrò a unirmi ai nostri parenti che sono andati prima".

Così Hjordis rimase con lui finché non morì, e poi venne l'alba. Vide che molte navi erano approdate alla baia.

"Ci scambieremo i vestiti", disse all'ancella, "e tu ti farai chiamare col mio nome e dirai che sei la figlia del re".

E così fecero.

I vichinghi videro il massacro e le donne che si dirigevano verso il bosco, deducendo che qualcosa di molto importante era accaduto, e saltarono giù dalle loro navi. Alf, figlio di Hjalprek[1], re di Danimarca, era al comando del gruppo. Giunsero al luogo della battaglia. Videro il massacro che era stato compiuto. Allora il re ordinò di cercare e trovare le donne, e questo fecero. Domandò alle donne chi fossero, e allora accadde qualcosa di strano, l'ancella rispose per tutte e due, raccontando della caduta in battaglia di Re Sigmund e Re Eylimi, e molti altri uomini di alto rango con loro, e riferì anche chi aveva fatto questo. Il re chiese anche se sapessero dov'era nascosto il tesoro del re.

"Certo che lo sappiamo", rispose l'ancella, mostrandogli la strada per il tesoro. Trovarono una grande quantità di ricchezze, così tante che non credevano di aver mai visto, tutta nello stesso posto, una più grande quantità di cose preziose. Portarono tutto alle navi di Re Alf. Hjordis andò con lui, e così anche l'ancella. Quindi faceva ritorno al suo regno, dove annunciò che il più grande re di tutti i tempi era caduto in quel luogo.

Il re sedeva al timone e le donne sulla prima panca. Egli conversava con loro e ciò che loro dicevano trovava il suo accordo.

Il re arrivò al suo paese con un grande tesoro. Alf era un uomo molto capace. E poco tempo dopo il suo ritorno, la regina chiese a suo figlio Alf:

---

[1] Questo è l'equivalente norreno di Chilperico, che fu un re franco della dinastia dei Merovingi, e cognato della Brunilde storica, una principessa visigota.

34

"Perché la donna più bella ha meno anelli e abiti più poveri? Penso che quella che tu hai valutato meno sia in realtà la più nobile".

"Anch'io ho sospettato che i suoi modi non fossero quelli di un'ancella", rispose lui, "e quando ci siamo incontrati sapeva bene come ricevere uomini di nobile rango, e la metterò alla prova".

Così a un certo punto, mentre stavano bevendo, il re si sedette a parlare con loro. "Cosa vi dice che l'alba è venuta, se non potete vedere luna, stelle né sole?" chiese lui.

"Lo so perché quando ero piccola bevevo sempre appena prima dello spuntar del sole", rispose lei, "e quando ho smesso di farlo continuai comunque a svegliarmi allo stesso momento, ed è così che ho imparato".

Il re sorrise a quella risposta: "Un'educazione povera per la figlia di un re!"

E quindi si rivolse a Hjordis, e le pose la stessa domanda.

"Mio padre mi aveva regalato un piccolo anello d'oro che aveva uno strano potere", rispose lei. "Proprio appena prima dell'alba diveniva freddo sul mio dito. È così che ho imparato".

"C'era abbondanza di oro in giro, visto che un'ancella lo poteva indossare", rispose il re, "e tu hai celato la tua identità abbastanza a lungo, ma ti avrei trattata come se fossimo figli dello stesso re, se avessi parlato, e ti tratterò ancora meglio, perché diverrai mia moglie e pagherò io la dote, quando mi darai un figlio".

Lei rispose e disse tutta la verità sulla sua situazione. Lì fu riverita con grandi onori, ed era ritenuta una donna di grande importanza.

CAPITOLO XIII

La storia dice che Hjordis partorì un figlio maschio, e il bambino fu portato dinanzi a Re Hjalprek. Il re fu contento di vedere due occhi acuti in quella piccola testa, e disse che nessuno sarebbe mai stato uguale o superiore a lui, e fu cosparso di acqua[1] e chiamato Sigurd. Tutti dicevano lo stesso di lui: in forza e statura, nessuno gli era pari. Egli fu cresciuto a casa di Re Hjalprek con grande affetto. E quando si parla degli uomini e re più famosi dei racconti antichi, Sigurd viene sempre messo davanti a tutti per forza e abilità, per astuzia e coraggio, cose che lui possedeva più di ogni altro uomo in Europa. Sigurd crebbe lì, nella casa di Re Hjalprek, e tutti lo amavano. Fu lui a far sposare Hjordis a Re Alf, che le diede la dote.

Regin era il nome del padre adottivo[2] di Sigurd, ed era il figlio di Hreidmar. Egli insegnò lui molte cose, il gioco degli scacchi, le rune, ed anche il parlare molte lingue, come si soleva fare con i principi, e molto altro ancora. Un giorno, quando i due erano insieme, Regin chiese a Sigurd se sapesse quanta ricchezza possedeva suo padre, e chi fossero quelli che ne erano a guardia. Sigurd rispose dicendo che erano i re a sorvegliarla.

"Tu ti fidi di loro?" disse Regin.

"È giusto", rispose Sigurd "che la tengano loro fino a quando non sarà utile a me, poiché loro sono più adatti di me a sorvegliarla".

Regin venne una seconda volta a parlare con Sigurd, e gli disse:

"È singolare che tu sia disposto a fare il garzone dei re e a vagare in giro come un diseredato".

"Non è così", replicò Sigurd, "perché posso dire la mia in tutto con loro, e tutto ciò che voglio è sempre a mia disposizione".

"Digli allora di darti un cavallo", disse Regin.

"Me lo darà non appena glielo chiederò", rispose Sigurd.

Sigurd andò allora dai re. Quindi uno di loro disse a Sigurd:

"Cosa vuoi da noi?"

"Voglio un cavallo per divertirmi", rispose Sigurd.

"Sceglilo tu stesso", disse il re, "come qualsiasi altra cosa tu voglia".

---

[1] Non il battesimo cristiano, ma un antico rituale norreno implicava il cospargere il neonato con acqua, per essere così ammesso nella famiglia e nella comunità. Che questo fosse un elemento introdotto dalla cultura celtica, o invece autoctono della cultura germanico-norrena, è tuttora argomento di dibattito.

[2] Era costume delle famiglie nobili, così come nella Roma patrizia, far crescere i bambini da altri uomini, spesso di rango inferiore ma rinomati e ben visti per le loro capacità – specie in guerra. Inoltre assolveva alla necessità di formare alleanze e legami di parentela e clanici. Una dinamica che oggi, se ci è concessa l'analogia, si reitera nella figura del 'padrino'.

Il giorno dopo Sigurd andò nel bosco e si imbatté in un vecchio con una lunga barba, che non conosceva. Questi chiese a Sigurd dove stesse andando. "Sto andando a scegliermi un cavallo", rispose lui. "Dammi qualche consiglio su quale prendere".

"Andiamo e spingiamoli verso il fiume Busiltjorn", disse lui.

Spinsero i cavalli giù fino alla parte più profonda del fiume, e tutti lo guadarono fino all'altra sponda, eccetto uno. Quello fu il cavallo che scelse Sigurd. Era di colore grigio, giovane, grande e bellissimo a vedersi. Nessuno lo aveva mai montato. L'uomo con la barba parlò:

"Questo cavallo discende da Sleipnir[1]. Deve essere sellato con cura, perché si rivelerà migliore di qualunque altro cavallo". Dopo aver detto ciò, l'uomo scomparve.

Sigurd chiamò il cavallo Grani – quello era davvero il migliore di tutti i cavalli. L'uomo che aveva incontrato era Odino.

Regin parlò di nuovo a Sigurd:

"Hai ancora poco. Mi fa male vederti andare in giro come un contadinotto. Ma io posso dirti dove può essere trovata molta ricchezza, e con essa anche onore e fama potrai avere, se riuscirai a prenderla".

Sigurd chiese dove si trovasse, e chi ne fosse a guardia.

"Fafnir è il suo nome", rispose Regin, "e non si trova molto distante da qui. Il posto è chiamato Piana di Gnita. E quando arriverai là, dirai che non avrai mai visto tanto oro in nessun altro posto al mondo. E non te ne servirà altro, neanche se diverrai vecchio e il più rinomato di tutti i re".

"Anche se sono giovane", disse Sigurd "so com'è fatto il drago, e so che nessuno osa andare contro di lui per la sua stazza e malignità".

"No, non è così", rispose Regin, "la sua stazza è quella di un serpente, ed è stato dipinto più grande di quello che è in realtà, poiché così lo ritenevano i tuoi antenati, ma tu, anche se discendi dai Volsunghi, non possiedi il loro temperamento – non erano secondi a nessuno in quanto a coraggio".

"Forse avrò la loro forza e abilità", rispose Sigurd. "Ma non c'è alcun bisogno di incolparmi, visto che sono poco più che un bambino. Perché sei così fissato con questo?"

"C'è una storia dietro a tutto ciò", replicò Regin, "e te la racconterò".

"Raccontamela", disse Sigurd.

---

[1] Il cavallo a otto zampe di Odino.

CAPITOLO XIV

"La storia comincia con mio padre, il cui nome era Hreidmar, un uomo ricco e importante. Il nome di suo figlio era Fafnir, il secondo Otr, e io ero il terzo, il meno tenuto in considerazione e il meno remunerato. Ero molto bravo a lavorare il ferro, l'argento e l'oro, e riuscivo a creare qualcosa di utile con qualsiasi cosa. Le occupazioni e le abilità di mio fratello Otr erano diverse. Lui era un grande pescatore, molto più esperto di altri, e durante il giorno assumeva le sembianze di una lontra e stava sempre nel fiume, portando su i pesci con la sua bocca. Tutto ciò che trovava, lo portava a nostro padre, e gli era di grande aiuto in questo. Aveva molte caratteristiche della lontra, tornava a casa tardi, mangiava da solo e con gli occhi chiusi, poiché non poteva vedere il cibo che diminuiva. Ma Fafnir era di gran lunga il più grande e il più feroce, e voleva che tutto fosse suo".

"C'era un nano chiamato Andvari", disse Regin. "Lui stava sempre nei pressi di una cascata che era nota come la Cascata di Andvari, sotto le sembianze di un luccio, e lì otteneva il suo cibo, poiché vi era abbondanza di pesci nella cascata. Mio fratello Otr andava spesso a quella cascata, prendendo i pesci con la bocca e depositandoli a riva, uno ad uno".

"Odino, Loki, e Hœnir erano in viaggio, e capitarono presso le Cascate di Andvari. Otr aveva appena preso un salmone, e lo stava mangiando a occhi chiusi sulle rive del fiume. Loki prese una pietra, colpì la lontra e così la uccise. Gli Æsir[1] pensarono di essere stati molto fortunati nella loro caccia e scuoiarono la lontra".

"Quella sera giunsero a casa di Hreidmar, e gli mostrarono ciò che avevano preso. Allora noi li catturammo, e gli chiedemmo, come compensazione e riscatto, di riempire la pelle della lontra di oro e di ricoprirla all'esterno di oro rosso. Così mandarono Loki a prendere l'oro. Giunse da Ran[2], si fece dare la sua rete, e con essa si recò alle Cascate di Andvari, gettò la rete davanti al luccio, e questo finì nella rete. Quindi disse Loki:

"Chi è questo pesce
che nuota nelle correnti,

---

[1] Gli dèi Asi, la famiglia principale delle divinità maggiori, in principio contrapposti ai Vanir. Della loro storia si parla nella prima parte della *Saga degli Yngling*, detta anche *Ynglingatal*.
[2] La moglie di Ægir, gigante dei mari. Possedeva una rete che tirava su coloro che affogavano, affinché restassero nel loro mondo subacqueo.

E non sa guardarsi dai pericoli?
La tua testa
riprendi da Hel[1],
E trovami la fiamma di Linden".

"Andvari è il mio nome,
di Oin[2] sono il figlio,
Su più di una cascata ho nuotato.
Una triste norna,
decise nei giorni che furono
che dovevo camminare in acqua".

"Loki vide l'oro di Andvari. E quando quest'ultimo aveva lasciato l'oro, aveva tenuto un anello per sé, ma Loki si prese anche quello. Il nano andò sullo scoglio e disse che possedere l'anello, o una qualsiasi parte dell'oro, avrebbe significato morte".

"Ora gli Æsir diedero il tesoro a Hreidmar, riempirono la pelle di lontra, e la collocarono in piedi. Quindi gli Æsir dovevano mettere l'oro sulla lontra e ricoprirla. Quando questo fu fatto, Hreidmar andò a controllare e vide i peli del muso, e disse loro di coprire anche quello. Allora Odino prese l'anello Andvaranaut[3] dalla sua mano, e coprì il pelo. Quindi Loki cantò:

"L'oro è ora dato,
a te in ricompensa,
molto per la mia testa.
Ma non sarà fortunata
la sorte di tuo figlio:
Morte a voi due esso porterà".

"In seguito Fafnir uccise nostro padre", disse Regin, "nascondendo il suo corpo, e io non ebbi niente di quel tesoro. Divenne così malvagio che andò a vivere come un selvaggio e non permetteva a nessuno, tranne a se stesso, di

---

[1] Hel è la gigantessa regina dell'aldilà, figlia di Loki e della gigantessa Angrboða, e dà il nome al mondo dei morti di vecchiaia o di malattia. Spesso è citata nei versi come kenning (metafora identificativa) per morte.

[2] Conosciamo il nome del padre di Andvari dal *Discorso di Regin*, facente parte dell'Eddica Minora. Un nano di nome Oin appare anche nella celebre *Voluspa*, primo carme dell'Edda Poetica.

[3] Letteralmente "regalo di Andvari".

godere delle ricchezze, e in seguito si trasformò in un terribile drago, e adesso è lui ad avere il tesoro. Io andai dal re e divenni il suo fabbro. E l'esito della mia storia è che sono rimasto senza eredità né compensazione per mio fratello. Da allora l'oro è detto 'Pagamento per Otr', e questo ne è il motivo".

"Hai perso molto", rispose Sigurd, "e la tua famiglia si è comportata molto male".

"Ora usa la tua abilità per fare una spada così bella che nessun'altra spada la possa eguagliare, e così che io possa compiere grandi gesta, se il mio coraggio sarà utile – se tu vuoi che io uccida questo grande drago".

"La farò facilmente", disse Regin. "con quella spada sarai in grado di uccidere Fafnir".

Così Regin forgiò una spada e la diede in mano a Sigurd. Egli la osservò.

"Guarda cosa hai prodotto, Regin!", disse colpendo l'incudine, e la spada si spezzò. Gettò via la lama e gli disse di farne un'altra migliore. Regin forgiò un'altra spada, e la portò a Sigurd. Lui la esaminò.

"Sarai compiaciuto da questa, sebbene tu non sia un uomo facile per cui forgiare una spada".

Allora Sigurd provò la spada, che si ruppe esattamente come la prima. Quindi disse a Regin:

"Sei come i tuoi familiari – inaffidabile". Quindi andò da sua madre Hjordis. Lei gli diede il benvenuto, e parlarono e bevvero insieme.

"È vero ciò che ho sentito dire?", disse allora Sigurd, "è vero che il re Sigmund ti ha dato la spada Gram in due pezzi?"

"È vero", rispose lei.

"Dalli a me", disse Sigurd, "li voglio".

Lei disse che sembrava intenzionato a guadagnarsi una grande fama, e gli portò la spada. Sigurd andò allora a cercare Regin, e gli disse di forgiare una spada da quei due pezzi, con tutta la sua abilità. Regin, arrabbiato, andò alla fucina con i pezzi della spada, pensando che Sigurd fosse molto esigente quando si trattava di forgiare.

CAPITOLO XV

Così Regin forgiò una spada. E quando la tirò fuori dalla fornace, agli aiutanti che lavoravano nella fucina parve che il fuoco bruciasse lungo i bordi della spada. Poi disse a Sigurd di prendere la spada, dicendogli che se quella non fosse stata buona, allora voleva dire che non era capace di forgiare spade. Colpì l'incudine e la tagliò fino alla base, e la spada non era né rotta né scalfita. Elogiò la spada con belle parole e si recò al fiume, portando con sé un ciuffo di lana che gettò contro la corrente, e lo tagliò in due ponendo la spada in mezzo. Dunque Sigurd fu molto contento, e tornò a casa.

"Manterrai la promessa", disse Regin, "ora che ti ho fatto la spada, e cercherai Fafnir".

"La manterrò", rispose Sigurd. "Ma prima c'è qualcos'altro che devo fare – vendetta per mio padre!"

Più Sigurd cresceva, più diveniva benvoluto da tutti, tanto che tutti lo amavano molto.

CAPITOLO XVI

Vi era un uomo, Gripir, che era il fratello della madre di Sigurd, e poco tempo dopo la forgiatura della spade, Sigurd si recò da lui, poiché era dotato della seconda vista e sapeva in anticipo qual era il destino degli uomini. Sigurd chiese della sua vita e di come sarebbe andata. Tuttavia egli fu a lungo reticente, ma poi, in seguito all'insistere di Sigurd, Gripir decise infine di dirgli tutto sul suo destino, esattamente ciò che sarebbe accaduto dopo.

Così, dopo che Gripir gli aveva detto tutto, su ciò che aveva chiesto, Sigurd cavalcò di nuovo verso casa. E poco dopo incontrò Regin, che gli disse:

"Uccidi Fafnir, come avevi promesso". E Sigurd rispose:

"Lo farò, ma prima c'è qualcos'altro – vendicare Re Sigmund e gli altri miei parenti che sono caduti in quella loro ultima battaglia".

CAPITOLO XVII

Sigurd si recava ora in visita dai re:

"Sono rimasto qui per qualche tempo, e sono in debito con voi per l'affetto e i grandi onori che mi avete dimostrato", disse loro. "Ma ora intendo lasciare il paese e trovare i figli di Hunding: voglio che loro sappiano che non tutti i Volsunghi sono morti. E vorrei che mi aiutaste in questo".

Risposero che gli avrebbero fornito qualunque cosa di cui avesse avuto bisogno.

Una grande forza veniva allora preparata e con essa ogni cosa molto accuratamente, navi ed ogni equipaggiamento militare, tanto che questa spedizione fu più brillante di qualsiasi altra. Sigurd era al comando della nave più grande e più bella. Le vele erano finemente lavorate e bellissime a vedersi. Quindi navigarono con vento favorevole.

Ma solo dopo pochi giorni, una violenta tempesta si abbatté su di loro e il mare sembrava schiumare di sangue. Sigurd ordinò che nessuna vela fosse ammainata, neanche se si stessero lacerando, e invece le fece issare ancora più in alto.

Quando navigarono intorno a un promontorio, un uomo gridò verso la nave, chiedendo chi vi fosse al comando. Gli risposero che il comandante era Sigurd Figlio di Sigmund – che allora era il più celebre dei giovani uomini.

"Se è per quello, tutti dicono lo stesso di lui", rispose l'uomo, "che nessun altro principe lo può eguagliare. Vorrei che rallentaste una delle vostre navi per prendermi a bordo". Gli chiesero il suo nome, e lui rispose:

"Hnikar mi chiamavano,
Quando allietai Huginn,
Vincendo e uccidendo,
Giovane Volsungo!
L'uomo sulla collina
puoi ora chiamare,
Feng o Fjolnir:
E da qui viaggerò con te."[1]

Quindi andarono a terra e presero l'uomo a bordo. Quindi la tempesta andò scemando, e navigarono fino a raggiungere la terra, nel regno dei figli di Hunding. Allora Fjolnir scomparve.

Subito scatenarono un inferno di fuoco e massacro. Uccidevano, bruciavano case, e lasciavano rovine ovunque andassero. In molti fuggirono da Re Lyngi e gli dissero che un esercito nemico era entrato nel paese, e che la violenza del loro passaggio era inaudita. Dissero che i figli di Re Hunding non erano stati molto lungimiranti quando avevano dichiarato che non vi era più nulla da temere dai Volsunghi:

"E ora Sigurd, figlio di Sigmund, è a capo dell'esercito nemico".

Re Lyngi fece inviare messi di guerra in tutto il suo regno – si rifiutò di ritirarsi e convocò tutti coloro che fossero pronti a supportarlo. Marciò contro Sigurd con un grande esercito – e i suoi fratelli con lui.

---

[1] Huginn è uno dei due corvi di Odino, come detto in nota a pag. 24. Allietare Huginn, o allietare i corvi, voleva dire uccidere molti uomini in guerra. La partecipazione di Fjolnir alla spedizione è il modo che Odino ha scelto per esprimere il suo favore verso Sigurd, discendente diretto dei suoi protetti, i Volsunghi.

Una feroce battaglia si scatenò tra loro. Molte lance e frecce si vedevano volare in aria, e il fendente violento dell'ascia, e scudi crepati, usberghi squarciati, elmi aperti, crani spaccati, e più di un uomo era visto cadere.

Dopo che la battaglia era continuata in quel modo molto a lungo, Sigurd sbucò tra gli stendardi, con in mano la spada Gram. Colpì uomini e cavalli, facendosi largo tra le fila nemiche: entrambe le braccia rosse di sangue fino alle spalle, e gli uomini fuggivano da dovunque egli andasse. Né elmo né usbergo poteva fermarlo, e nessun uomo pensava di aver mai visto qualcuno come lui. La battaglia proseguì per molto tempo con grande spargimento di sangue e lotta feroce. Ciò che lì accadde fu qualcosa che raramente si presenta quando è l'esercito di casa ad attaccare: non riuscivano ad avanzare. I figli di Hunding persero così tanti uomini che nessuno poteva contarli. E Sigurd era in prima linea. Quindi i figli di Hunding andarono contro di lui: Sigurd colpì Re Lyngi e gli aprì l'elmo, la testa e l'armatura. Dopodiché tagliò in due suo fratello Hjorvard, e poi uccise tutti gli altri figli di Hunding che erano rimasti vivi, e la parte migliore del loro esercito.

Così Sigurd si preparò a fare ritorno a casa. Splendida vittoria era la sua, e molto onore e ricchezza aveva ottenuto in quella spedizione. Una volta tornato nella sua terra, fu accolto con una festa di benvenuto.

E quando Sigurd era stato a casa per un po', Regin venne a parlare con lui:

"Sarai sicuramente pronto per piegare la cresta di Fafnir come hai promesso, visto che hai vendicato tuo padre e i tuoi parenti", disse Regin.

"E manterrò la mia promessa", rispose Sigurd. "Non mi sfuggirà di mente".

CAPITOLO XVIII

Allora Sigurd e Regin cavalcarono su per la brughiera seguendo lo stesso sentiero lungo il quale Fafnir era solito strisciare, quando andava in acqua, e si dice che il dirupo su cui si adagiava per raggiungere l'acqua e bere fosse alto trenta braccia. Poi Sigurd parlò:

"Tu mi hai detto, Regin, che questo drago non era più grande di altri serpenti, ma a me pare che le sue tracce siano assai grandi".

"Scava un fosso", disse Regin, "e infilati dentro, e quando il serpente striscia verso l'acqua, colpiscilo al cuore così da distruggerlo. Così otterrai grande fama".

"E cosa mi accadrà se verrò investito dal sangue del drago?" disse Sigurd.

"Non è possibile consigliarti", rispose Regin, "se hai paura di tutto – non hai il coraggio dei tuoi parenti".

Così Sigurd cavalcò su per la scogliera e Regin fuggì impaurito. Sigurd scavò una fossa, e mentre faceva questo venne a lui un vecchio con la barba lunga[1], e chiese che cosa stesse facendo. Lui glielo disse.

"Non è un buon consiglio", rispose allora il vecchio. "Scava altri fossi e fa in modo che il sangue scorra in quelli – tu siederai in uno e infilzerai il drago al cuore".

Quindi il vecchio sparì, e Sigurd scavò i fossi come gli era stato detto.

E quando il drago strisciò verso le acque, la terra tremò così violentemente che quasi collassò. Sbuffò rilasciando veleno per tutto il sentiero, ma Sigurd non si scoraggiò né si impaurì per il rumore. E quando il drago strisciò sopra ai fossi, Sigurd infilzò la spada sotto la sua spalla sinistra, così che affondò fino all'elsa. Quindi Sigurd balzò fuori dalla fossa, ritraendo la spada, con le braccia insanguinate fino alle spalle. E quando il grande drago sentì la sua ferita mortale, agitò la testa e la coda, scagliando via tutto ciò che aveva davanti. E così Fafnir, ferito a morte, chiese:

"Chi sei tu? Chi è tuo padre e qual è la tua famiglia, tu che sei stato così coraggioso da sollevare le armi contro di me?"

"Nessuno conosce la mia famiglia", rispose Sigurd, "io sono chiamato 'Bestia Nobile', non ho padre né madre, e ho viaggiato da solo"[2].

"Se non hai padre né madre", rispose Fafnir, "quale strana cosa ti ha mai dato la vita? E anche se non mi dirai il tuo nome, nel giorno in cui muoio, sai bene che stai mentendo".

"Sigurd è il mio nome", rispose lui, "e Sigmund era mio padre".

"Chi ti ha spinto a fare questo, e perché hai seguito il suo incitamento?" replicò Fafnir. "Non hai mai sentito di come tutti erano terrorizzati da me e dalla mia testa corazzata? I tuoi occhi luccicano, ragazzo, e avevi un padre valoroso".

"Un cuore impavido mi ha spinto a farlo", fu la risposta di Sigurd, "e un braccio forte e questa bella spada che ora hai provato anche tu, mi hanno aiutato a portarlo a termine, e pochi sono risoluti in vecchiaia, se pavidi in giovinezza".

"Io so che saresti stato un guerriero feroce in battaglia", disse Fafnir, "se tu fossi cresciuto in mezzo ai tuoi parenti, e ancor più sorprendente è che un prigioniero di una razzia abbia osato combattere contro di me – pochi sono i prigionieri coraggiosi in battaglia".

---

[1] Ovviamente Odino, nella sua più tipica manifestazione esteriore.

[2] Nel *Carme di Fafnir*, Sigurd non dice il suo nome seguendo un antico costume secondo cui un uomo ferito a morte avrebbe potuto maledire il suo uccisore se ne avesse conosciuto il nome.

"Tu mi rinfacci di non essere con i miei parenti", disse Sigurd. "Ma anche se ero un prigioniero, non sono mai stato messo in catene, e tu hai potuto apprendere che ero libero".

"So che tutto ciò che dico ha per te un significato di odio", rispose Fafnir, "ma sappi che l'oro che possiedo sarà la tua morte".

"Tutti vorrebbero mettere le mani sul tesoro fino a quel giorno, e tuttavia tutti devono morire, prima o poi", rispose Sigurd.

"Non seguirai molto quello che ti dirò", disse Fafnir, "ma se non sarai attento nell'attraversare il mare, annegherai: è meglio che tu stia a riva fino a quando non si calmerà".

"Dimmi allora, Fafnir", disse Sigurd, "se sei così saggio: chi sono le Norne, che separano le madri dai loro figli?"[1]

"Molte sono, e diverse", rispose Fafnir. "Alcune appartengono agli Æsir, alcune agli elfi, e altre sono figlie di Dvalin[2]".

"Come si chiama l'isolotto dove Surt[3] e gli Æsir spargeranno il loro sangue?" disse Sigurd.

"Oskapt è chiamato, l'informe", disse Fafnir. E parlò ancora: "Regin, mio fratello, ha portato alla mia morte, e sono felice perché porterà alla morte anche te– e sarà proprio ciò che voleva". Fafnir parlò nuovamente:

"Scatenavo un elmo di terrore sugli uomini, sin da quando sedetti sull'eredità di mio fratello, ed esalavo veleno tutto intorno a me, così che nessuno mi si avvicinasse, e non temevo armi, e mai ho incontrato tanti uomini da pensare di non essere di gran lunga il più forte, e tutti mi temevano".

"Questo elmo di terrore di cui parli", disse Sigurd, "dà la vittoria a pochi, poiché chiunque si mescoli con altre persone un giorno scoprirà che nessuno uomo è superiore agli altri".

"Ti consiglio di prendere il tuo cavallo", disse Fafnir, " e cavalca lontano più veloce che puoi, perché spesso accade che chi viene ferito a morte, si vendichi".

---

[1] Quella che seguirà è una breve sfida di "indovinelli" basati su citazioni colte, con cui Sigurd tenta di battere Fafnir sul piano della saggezza, per screditarne i consigli. La più celebre di tali sfide è quella tra Gestumblindi/Odino e Re Heidrek, nella *Saga di Re Haidrek* (*Heruvarsaga*).

[2] Dvalin è un nano il cui nome è sovente utilizzato nelle *kenning* per indicare i nani. Si pensa che questa razza abbia origine dagli *Svartalfar*, gli Elfi Scuri, abilissimi artigiani ma non esattamente amici degli uomini (*Saga degli Yngling*), e non necessariamente bassi di statura e con barbe lunghe, nonostante sia questa l'idea che si ha oggigiorno. Dvalin è colui che nel Carme di Angantyr è detto aver forgiato la spada Tyrfing in della *Saga di Re Heidrek*.

[3] Surt è il gigante dalla spada fiammeggiante, che uccide il dio Frey e consuma il mondo col fuoco, nell'ultima battaglia del Ragnarok.

"Questo è il tuo consiglio", disse Sigurd, "ma io agirò diversamente. Cavalcherò al tuo antro e prenderò il grande tesoro che apparteneva ai tuoi parenti".

"Cavalcherai verso un luogo in cui troverai così tanto oro", disse Fafnir, "che ti basterà fino alla fine dei tuoi giorni. Ma lo stesso oro sarà la tua morte, e la morte di ogni altro uomo che lo possiede".

Sigurd si ergeva in piedi. "Se sapessi di non morire mai, tornerei indietro", disse, "anche se dovessi rinunciare a tutta la ricchezza. Ma ogni uomo di valore ambisce a una ricchezza che duri fino a quando arriva il giorno. Ma tu, Fafnir, giaci nel tuo letto di morte finché Hel non verrà a prenderti".

E allora Fafnir morì.

CAPITOLO XIX

Dopo, Regin venne da Sigurd, dicendogli:

"I miei saluti, mio signore. Uccidendo Fafnir hai ottenuto una grande vittoria, quando nessuno prima d'ora era mai stato così coraggioso da osare mettersi sulla sua strada, e questo grande gesto sarà ricordato fino alla fine del mondo".

Regin rimase a guardare a terra a lungo. Quindi poi esclamò con rabbia:

"Hai ucciso mio fratello, ma io difficilmente potrei essere discolpato per questo".

Allora Sigurd prese la sua spada, Gram, fendendo l'erba e dicendo a Regin:

"Sei andato via quando io stavo per compiere l'atto e ho provato questa bella spada con la mia mano, e con la mia forza ho combattuto contro il potere del drago – mentre tu giacevi nascosto in un cespuglio, non sapendo neanche se stavi in ginocchio o sulla tua stessa testa!"

"A lungo quel drago avrebbe potuto restare in pace nel suo antro", rispose Regin, " se tu non avessi potuto usare la spada che io ho forgiato con le mie mani per te – né tu né nessun altro avrebbe potuto mai farlo!"

"Quando gli uomini vanno in battaglia", rispose Sigurd, "un cuore impavido è meglio della migliore delle spade".

Regin disse allora a Sigurd, molto adirato:

"Tu hai ucciso mio fratello, ma io non posso essere esentato da colpe per questo atto".

Quindi Sigurd tagliò via il cuore del drago con la spada chiamata Ridill. Regin allora bevve il sangue di Fafnir e disse:

"Fai una cosa per me – non sarà difficile per te. Porta il cuore al fuoco, cuocilo e dammelo da mangiare".

Sigurd andò e lo arrostì in uno spiedo. E quando il sangue uscì, lo toccò con il dito per vedere se era cotto. Si leccò il dito e quando il sangue del cuore del drago toccò la sua lingua acquisì l'abilità di capire il linguaggio degli uccelli. Udì dei picchi muratori cinguettare lì vicino.

"Quello è Sigurd, che cuoce il cuore di Fafnir. Dovrebbe essere lui a mangiarlo, così diventerebbe più saggio di ogni altro uomo".

"E quello invece è Regin, che vuole ingannare l'uomo che si fida di lui", disse un altro. Quindi un terzo parlò:

"Fa' che gli tagli la testa allora. Così potrà avere il grande Tesoro tutto per sé".

"Sarebbe meglio che faccia come hanno consigliato", disse allora un quarto, "per poi cavalcare verso l'antro di Fafnir e prendere il tesoro che sta lì, e poi andare a Hindfell, dove dorme Brunilde, e lì acquisirà una grande saggezza. E sarebbe saggio da parte sua seguire i vostri consigli e pensare ai propri interessi. Mi aspetterei di trovare un lupo se vedessi le orecchie di un lupo". Disse allora un quinto:

"Se non lo uccide, avendo prima ucciso suo fratello, non sarà stato saggio come pensavo". Quindi parlò il sesto:

"Sarebbe un bel piano se lo uccidesse e tenesse per sé tutto il tesoro!"

"La morte per mano di Regin non è il mio destino", disse allora Sigurd. "Meglio che i due fratelli vadano per la stessa strada". Quindi impugnò la spada Gram e tagliò la testa a Regin.

E dopo mangiò un po' del cuore di drago, mettendone altro da parte. Quindi montò sul cavallo e cavalcò sulle tracce di Fafnir fino al suo antro. Lo trovò aperto, e tutte le porte erano di ferro, così come anche gli stipiti. Di ferro erano anche tutte le colonne della costruzione, che era ancorata nella terra profonda. Lì Sigurd trovò una riserva d'oro enorme, e la spada Hrotti, e lì si impossessò anche dell'elmo del terrore, l'usbergo d'oro e molte cose preziose. Trovò così tanto oro che pensò che neanche tre cavalli lo potessero trasportare. Raccolse tutto l'oro e lo mise in due grandi bauli, quindi imbrigliò il suo cavallo Grani. Ma il cavallo non si muoveva e spronarlo non serviva a nulla. Poi Sigurd capì che cosa voleva il cavallo. Gli montò in groppa, lo spronò, e il cavallo partì al galoppo come se fosse libero da ogni peso.

CAPITOLO XX

E così Sigurd cavalcò a lungo, fino ad arrivare a Hindfell per poi girare a sud, verso la terra dei Franchi. Dinanzi a lui, sulla montagna, vide una luce che sembrava un incendio, che illuminava il cielo. E quando l'ebbe raggiunta vide che vi era una fortezza, con uno stendardo in cima. Sigurd entrò nella fortezza e vide un uomo che dormiva completamente armato. Per prima cosa tolse l'elmo dalla sua testa e notò che si trattava di una donna. Aveva un usbergo, così stretto che sembrava cresciuto direttamente dalla sua pelle. Quindi tagliò l'armatura di maglia a partire dal collo, poi lungo le maniche, e sembrava che la lama stesse tagliando un semplice tessuto. Sigurd le disse che aveva dormito troppo a lungo. Lei chiese che cosa potesse avere di così potente da riuscire a tagliare l'usbergo –
"E da strapparmi al sonno. E non è forse Sigurd Figlio di Sigmund ad essere venuto qui con l'elmo di Fafnir, portando in mano la maledizione di Fafnir?"
"Colui che ha compiuto questo gesto è della stirpe dei Volsunghi", rispose allora Sigurd. "E ho saputo che tu sei la figlia di un grande re, e mi è stato anche detto della tua bellezza e della sua saggezza – e sarà questa che metterò alla prova".
Brunilde disse di due re che si combattevano a vicenda. Uno si chiamava Hjalmgunnar – era vecchio e abile in guerra, e Odino gli aveva promesso la vittoria; e l'altro era chiamato Agnar o Audabrodir.
"Nella battaglia uccisi Hjalmgunnar, e per vendetta Odino mi soggiogò con la spina del sonno[1], dicendomi che non avrei mai più avuto la vittoria, e che dovevo sposarmi. E in risposta feci la solenne promessa di non sposare nessuno che conoscesse la paura".
"Dammi buoni consigli sulle questioni importanti", disse Sigurd.
"Tu sei sicuramente più bravo in quello", disse lei. "Ma sarò felice di insegnarti, se conosco qualcosa che ti possa piacere, sulle rune o qualsiasi altra cosa; e beviamo insieme, e che gli Dèi ci concedano una bella giornata, così che la mia saggezza possa esserti utile e portarti fama, e che tu possa ricordare di cosa parliamo io e te".
Brunilde riempì una coppa, la portò a Sigurd e gli disse:

---

[1] *Svefnthorn*: è un simbolo che caratterizza molte delle formule magiche folcloristiche di cui si ha nota anche molto tempo dopo l'epoca vichinga. La sua forma visiva, quando descritto o raffigurato, varia notevolmente da fonte a fonte. La peculiarità del contesto narrato in questa saga fa della vicenda di Brunilde l'origine della favole della *Bella Addormentata*, che cade in un sonno senza fine dopo aver toccato la spina di un fuso.

"Dominatore di battaglie,
Ti porto ora la birra
mesciuta a grande potere
condita di gloria,
empita di bei versi
e rune benevole,
di buona magia
e di gaie parole.

Rune di guerra devi conoscere
se saggio vuoi essere.
Sulla guardia della spada dovrai inciderle,
sul manico dell'elsa,
sulla ferrea presa,
e due volte dire il nome di Tyr[1].

Rune di onde devi intagliare
per controllare con cura
i tuoi cavalli nuotanti sul mare.
A prua devi porle,
mettile sul timone,
e marchiale col fuoco.
Nessuna onda blu,
nessun frangente si abbatterà,
ma tu tornerai in salvo dal mare.

Rune di eloquio devi conoscere,
per salvarti, se vorrai,
la resa di un dolore.
Tienile tutte insieme,
Mescola tutte insieme,
Le une accanto alle altre
Lì al Thing
Dove tutti verranno

---

[1] Tyr è il più coraggioso degli dèi di Asgard (Snorri) e il dio marziale che si dice abbia ricoperto il ruolo di capo che poi fu di Odino, almeno tra le popolazioni germaniche dell'Europa centrale. La runa Tiwaz, quella a cui si riferisce Brunilde, deriva dal nome di Tyr.

al completo in assemblea.

Rune della birra devi conoscere
se non vuoi che la moglie d'altri
da te fidata, ti tradisca.
Sul corno le dovrai intagliare,
e sul dorso della mano,
e sull'unghia segna il Bisogno.

La coppa colma dovrai benedire
perché ti guardi da sventura
dell'aglio metti nel calice.
Allora questo ti posso promettere,
che il nettare avvelenato
mai cadrà sul tuo destino.

Rune del parto devi apprendere
per le donne che hanno un bambino
a che lo abbiano sano e sicuro.
Sui loro palmi devi inciderle
e stringere le loro mani
per fare la volontà delle Disír.

Rune di ramo devi conoscere,
per curare i malati,
per saper guardare nelle ferite.
Incidile sulla corteccia
e sulle foglie degli alberi
i cui rami puntano a Est.

Rune della mente devi imparare
se altri uomini vuoi superare
di gran lunga in saggezza.
Colui che le ha create
colui che le ha consultate
e che le ha intagliate, quello era Hropt[1].

[1] Uno dei nomi di Odino.

Sullo scudo furono scavate
dinanzi al dio luminoso,
sull'orecchio di Arvak,
e il capo di Alsvid.[1]
Incise lì sulla ruota
sotto il carro di Rognir[2],
sulle redini di Sleipnir,
e sui pattini della slitta.

Sulla zampa dell'orso
e sulla lingua di Bragi[3],
sull'artiglio del lupo
e il becco dell'aquila,
sulle ali insanguinate
e sulla testa del ponte,
sul palmo che libera
e sul sentiero che risana.

Su vetro e oro
e sul buon argento
su vino e su mosto,
sul seggio della strega
sulla punta di Gaupnir[4]
e sulla pelle degli uomini.
sul seno della maga
e sull'unghia della Norna
e sul becco del gufo.

Tutte quelle che vi erano incise
sono state cancellate
e mescolate al nettare più sacro,
e spedite nelle vie più remote.
Ora sono dagli elfi,

---

[1] Si riferisce al sole, il cui carro era trainato dai cavalli Arvak e Alsvid, con la dea Sol alla guida.
[2] Un Gigante, cadde in un duello per mano di Thor.
[3] Dio della poesia e marito di Idunn, è descritto da Snorri Sturluson nella *Gylfaginning*.
[4] O Gungnir, la mitica lancia di Odino.

alcune dagli Æsir
e dai Vanir di grande saggezza,
e alcune tra gli uomini.

Rune di cura sono queste
e rune di nascita anche,
e tutte le rune della birra,
grandi rune e gloriose
per coloro che le usano
integre e veritiere
per portare fortuna da esse.
Possiedile e prospera
finché gli dèi non moriranno.

Ora dovrai compiere
una scelta che s'offre a tutti
O albero di acero dall'armi affilate [1]
parlare o star silente,
tu solo potrai scegliere.
Ora ogni parola sarà pesata."

Sigurd rispose:

"Io non fuggirò
sebbene tu sappia della mia maledizione;
non sono stato creato per la codardia.
Il tuo amichevole consiglio
voglio avere tutto
finché avrò vita."

CAPITOLO XXI

"In tutto il mondo non ci sarà mai donna più saggia di te", disse Sigurd. "Dammi altri buoni consigli".

---

[1] *Kenning* per "guerriero". L'albero, insieme al cavallo, è un elemento cognitivo fondamentale nella mistica nordica.

"Te lo devo, farò come desideri e ti darò buoni consigli", rispose lei, "poiché lo desideravi e poiché sei intelligente", e quindi disse:

"Comportati bene con i tuoi parenti, e non vendicarti troppo con loro se ti offendono. Sopportali, ed otterrai lodi durature. Presta sempre molta attenzione alle cose che possono danneggiarti, dall'amore di una fanciulla come dalla moglie di un uomo, spesso è da questi che viene il male. Non litigare troppo con uomini stolti a riunioni affollate. Spesso dicono cose peggiori di quelle che in realtà sanno, e così subito ti danno del codardo, e la gente crede che sia vero. Uccidilo un altro giorno, e ricambia così le sue parole malevoli. Se cammini su un sentiero in presenza di spiriti malvagi, sii accorto. Quand'anche ti trovi nel bel mezzo della notte, non cercare riparo vicino al sentiero – spiriti malvagi che fanno smarrire gli uomini vi si trovano spesso. Non ti fare trattenere da donne avvenenti – quelle che potresti incontrare ai banchetti – se ciò ti impedisse di dormire o ti dovesse causare angoscia. Non le allettare con baci o altre tenerezze. E se senti uomini ubriachi che fanno commenti stupidi, non ti unire a loro quando sono fradici di vino e hanno perso la loro intelligenza. Cose del genere portano grandi preoccupazioni, e anche morte, a molti. È meglio combattere contro i propri nemici che essere bruciato in casa propria. E non giurare una cosa falsa, poiché una dura vendetta segue sempre la rottura della tregua. Comportati bene con i morti, siano essi di malattia, annegati o uccisi. Fai attenzione con i loro corpi. E non fidarti di nessuno a cui hai ucciso il padre, il fratello o qualsiasi altro parente stretto, neanche se egli fosse molto giovane. In un giovane figlio, spesso si nasconde un lupo. Guardati sempre dagli inganni degli amici. E non posso prevedere molto della tua vita, ma fa' comunque in modo che l'odio dei parenti di tua mogie non cada mai su di te".

"Nessuno è più saggio di te", disse Sigurd, "e giuro che avrò te come moglie, perché siamo fatti l'uno per l'altra".

"E io sceglierei te, anche se dovessi scegliere tra tutti gli uomini che esistono". E questo giurarono, l'uno all'altra.

CAPITOLO XXII

Quindi Sigurd andò via a cavallo. Il suo scudo era molto imponente. Era placcato di oro rosso, e vi era disegnata l'immagine di un drago. La parte superiore era marrone scuro, quella in basso rosso chiaro, e l'elmo, la sella e l'armatura erano adornati allo stesso modo. Il suo usbergo era d'oro, e anche tutte le sue armi ne erano rivestite. E il motivo per cui il drago era disegnato su tutte le sue armi, era che coloro che sapevano della sua uccisione del drago che i

Variaghi[1] chiamavano Fafnir, subito lo avrebbero riconosciuto. E il motivo per cui le sue armi erano in oro battuto e splendenti, era che superava di gran lunga gli altri uomini in cortesia[2] e buone maniere, e quasi in tutte le altre cose. E quando si racconta di tutti i campioni più potenti e i capi più nobili, lui è quello che sarà sempre ritenuto il più importante, e il suo nome è noto in tutte le lingue che si parlano a nord del Mare dei Greci, e così sarà finché vivrà il mondo. I suoi capelli, che scendevano in lunghe chiome, erano castani e belli da guardare. Aveva una barba corta e fitta, dello stesso colore. Il suo naso era pronunciato e il viso ampio, dai tratti spigolosi. I suoi occhi erano così penetranti che pochi osavano guardare sotto le sue sopracciglia. Le sue spalle erano così ampie che sembrava quasi di vedere due uomini quando lo si osservava. Il suo corpo era ben proporzionato fra altezza e larghezza, e ben fatto in ogni aspetto. E come misura della sua altezza, si può dire che quando aveva nella cinta la sua spada Gram, che era lunga un metro e mezzo, e camminava in un campo di grano maturo, la punta del fodero accarezzava le punte delle pannocchie. E la sua stazza era superata dalla sua forza. Era esperto nel maneggiare la spada, nel gettare la lancia e scagliare un giavellotto, nel tenere lo scudo, con l'arco e nel cavalcare, e molte e varie erano le arti della cavalleria che aveva appreso nella sua giovinezza. Era un uomo saggio, che possedeva la conoscenza degli eventi futuri. Comprendeva il linguaggio degli uccelli. E per questo vi erano assai poche cose che potessero coglierlo alla sprovvista. Sapeva parlare a lungo e con molta eloquenza, ed ogni qualvolta iniziasse a parlare non smetteva mai, finché tutti non fossero stati del suo stesso avviso. E amava accorrere in aiuto dei suoi uomini e mettersi alla prova in avventure pericolose, depredare i suoi nemici per poi dare ai suoi amici. Non gli mancava mai il coraggio e non aveva mai paura.

CAPITOLO XXIII

Sigurd cavalcò fino ad arrivare a un grande castello, il cui signore era un potente capo di nome Heimir. Egli era sposato con la sorella di Brunilde, che era chiamata Bekkhild, poiché era rimasta a casa e appreso le arti del filare[3], mentre

---

[1] I Variaghi erano la guardia del corpo dell'Imperatore di Costantinopoli, ed erano di origine scandinava, in maggioranza Svedesi. Gli Scandinavi erano divisi, nell'Alto Medioevo, in due categorie: Vichinghi, ovvero pirati del mare, e Variaghi, che si distinguevano per essere più insediati e hanno caratterizzato i regni fondati nell'Europa orientale e in Russia.

[2] *Kurteisi*, termine introdotto dalla cultura romanza, non esistente in norreno prima del XIII secolo.

[3] *Bekk* si traduce in "panca", mentre *Hild* era un nome di donna molto comune che indicava la battaglia.

Brunilde era impegnata con elmo e usbergo, in battaglia. Per questo era chiamata Brunilde. Heimir e Bekkhild avevano un figlio chiamato Alsvid, uomo di levatura cortese. Fuori vi erano uomini impegnati in varie attività, ma quando videro l'uomo in sella che cavalcava verso il palazzo, si fermarono stupefatti, poiché non avevano mai visto nessuno come lui. Gli andarono incontro, e gli diedero il loro saluto. Alsvid lo invitò come suo ospite e ad avere qualunque cosa volesse, e lui accettò. Tutto veniva preparato affinché fosse servito nobilmente. Quattro uomini scaricarono il tesoro dal cavallo, e un quinto lo sorvegliava. Molti erano i rari e preziosi tesori che si potevano vedere. Tutti furono estasiati nel vedere gli usberghi e gli elmi, i grandi anelli, le stupefacenti armature dorate e le armi di ogni sorta. Sigurd stette lì a lungo e fu tenuto in grande stima. Notizie di quel grande gesto, l'uccisione di quel terribile drago, si diffondevano in ogni dove. Vissero così insieme, felici e leali tra loro. Si divertivano con le loro armi, costruendo frecce e andando a caccia con i loro falchi.

CAPITOLO XXIV

A quel tempo Brunilde, che era figlia adottiva di Heimir, aveva fatto ritorno presso di lui. Ella viveva nei suoi quartieri con le sue ancelle. Era più abile nelle arti domestiche rispetto alle altre donne. Stava lavorando i suoi tessuti con un filo d'oro, con il quale ricamava le grandi gesta di Sigurd, l'uccisione del drago, la presa del tesoro e l'uccisione di Regin. Narra la storia, che un giorno Sigurd cavalcasse nella foresta con i suoi falchi e i cani da caccia, e un folto gruppo di uomini che lo accompagnavano. Al suo ritorno il suo falco volò fino ad un'alta torre e si posò su una finestra. Sigurd seguì il suo falco, e vide una bellissima donna, e sapeva che si trattava di Brunilde. La sua bellezza e la sua opera lo colpirono molto. Entrò nella sala, ma non per unirsi alle attività degli uomini.

"Perché sei così silenzioso?" gli chiese allora Alsvid. "Questo tuo cambiamento ci affligge, come tuoi amici. Perché non ti diverti più? I tuoi falchi sono giù di umore, ed anche il tuo cavallo Grani, e non riusciremo a trovare un rimedio immediato per questo".

"Mio buon amico", rispose Sigurd, "ascolta ciò che è nella mia mente. Il mio falco è volato su una torre, e quando sono venuto a riprenderlo, ecco, lì ho visto una donna bellissima. Era seduta a ricamare un tessuto d'oro, intessendolo con le azioni che ho compiuto in passato".

"Tu hai visto Brunilde, la figlia di Budli", replicò Alsvid, "una donna di gran carattere e presenza".

"Questo è certo", rispose Sigurd; "ma come ha fatto a venire qui?"

"Poco tempo è passato tra il tuo arrivo e il suo", rispose Alsvid.

"Io invece l'ho saputo solo pochi giorni orsono", disse Sigurd. "Mi è sempre apparsa come la più grande di tutte le donne".

"Uno come te non dovrebbe interessarsi a nessuna donna", disse Alsvid. "Non ci si deve mai affliggere per qualcosa che non si può avere".

"Io andrò da lei", disse Sigurd, "e le darò oro, e avrò la sua gioia e il suo amore".

"Lei non ha mai voluto nessun uomo accanto, né ha mai dato birra da bere ad alcuno", replicò Alsvid. "Lei vuole solo andare in battaglia, e accrescere la sua fama".

"Io non so se lei mi risponderà o meno", disse Sigurd, "o se mi farà sedere accanto a lei".

Così il giorno dopo, Sigurd andò agli appartamenti delle donne, e Alsvid gli era vicino, restando fuori a costruire aste per le frecce.

"Saluti, mia signora", disse Sigurd. "Come state?"

"Tutto bene", rispose lei. "I miei parenti e i miei amici sono vivi. Ma nessuno di noi può dire che fortuna avremo fino al giorno in cui moriremo".

Egli si sedette accanto a lei. Quindi quattro donzelle entrarono con grandi bicchieri d'oro e il miglior vino, e andarono davanti a loro.

Quindi Brunilde disse, "Non a molti è concesso questo posto, a parte quando viene mio padre".

"Mi compiaccio dell'uomo che vi siede ora", rispose lui.

La stanza era adornata delle tappezzerie migliori e più costose, e tutto il pavimento era coperto da tappeti.

"La promessa che mi avevi fatto è stata esaudita", disse Sigurd.

"Sei il benvenuto qui", rispose lei.

Quindi si alzò, e le quattro damigelle con lei, e gli portarono un bicchiere d'oro, invitandolo a bere. Tese la mano al bicchiere, e con l'altra prese la mano di lei e la fece sedere accanto a lui. Abbracciandola, la baciò e disse:

"Nessuna donna più bella di te è mai nata".

"Più saggio è non dare mai la tua fiducia a una donna, poiché loro spezzano sempre i loro voti", disse Brunilde.

"Il giorno in cui ci sposeremo sarà il nostro giorno più felice", disse lui.

"Non è destino che noi stiamo insieme", rispose Brunilde. "Io sono una vergine guerriera, e indosso l'elmo come i re che vanno in guerra. Li aiuto, e non mi dispiace combattere".

"Prospereremo molto meglio se staremo insieme", rispose Sigurd. "Sarà più difficile sopportare il dolore di non stare insieme, che il colpo di spada affilata".

"Io dirigerò le truppe in battaglia", rispose Brunilde, "e tu sposerai Gudrun, la figlia di Giuki".

"Nessuna principessa potrà mai sedurmi", rispose Sigurd. "Non ho alcun dubbio su questo, e giuro davanti agli dèi che sposerò te, o nessun'altra donna". E allo stesso modo parlò lei. Sigurd la ringraziò per ciò che aveva detto, e le diede un anello d'oro. E allora entrambi giurarono nuovamente, e Sigurd tornò dai suoi uomini e continuò a vivere lì per qualche tempo.

CAPITOLO XXV

Vi era un re di nome Giuki, il cui regno si trovava a sud del Reno. Aveva tre figli, Gunnar, Hogni, e Guttorm. Gudrun era il nome di sua figlia, fanciulla di grande fama. I figli superavano altri principi per doti naturali e successi, come in bellezza e statura. Erano sempre intenti nelle incursioni, e avevano compiuto molte grandi gesta. La moglie di Giuki era Grimilde, una maga.

Vi era un re di nome Budli. Egli era più potente di Giuki, anche se entrambi lo erano. Il fratello di Brunilde era Atli, un uomo fiero e truce, alto e scuro, seppur di nobile portamento, e grande guerriero. Grimilde era una donna malvagia. La casata di Giuki prosperava, e soprattutto grazie ai suoi figli che primeggiavano sugli altri.

Un giorno, Gudrun disse alle sue damigelle che non riusciva a essere felice. Una delle donne le chiese che cosa la rendesse infelice.

"Ho avuto sfortuna nei miei sogni", rispose lei, "e così c'è il dolore nel mio cuore. Interpreta i miei sogni, visto che lo hai chiesto".

"Raccontamelo", rispose la donna, "e non aver paura, poiché i sogni preannunciano sempre tempesta".

"Non si tratta di tempeste", rispose Gudrun. "Ho sognato che avevo uno splendido falco sul mio polso. Le sue piume erano d'oro".

"Molti hanno sentito parlare della tua bellezza, la tua saggezza, e la tua cortesia. Un principe chiederà la tua mano", rispose la donna.

"Ho sognato che nulla mi era più caro di quel falco, e avrei dato tutta la mia ricchezza piuttosto che perderlo".

"Sposerai un uomo virile", disse la donna, "e lo amerai molto".

"Mi spaventa, non sapere chi sia", rispose Gudrun. "Andiamo a parlare con Brunilde – lei lo saprà".

Così si adornarono di oro e molte cose preziose e, con le ancelle ad accompagnarle, partirono per recarsi al palazzo di Brunilde. Il palazzo era scintillante d'oro e si ergeva su un alto colle. E quando furono avvistate in arrivo, a Brunilde fu detto che una compagnia di donne si stava dirigendo al castello con carri dorati.

"Deve essere Gudrun, la figlia di Giuki", disse lei. "L'ho sognata l'altra notte – usciamo ad incontrarla. Nessuna donna più amabile viene mai a trovarci".

Così andarono a incontrarle, e diedero loro il benvenuto. Entrarono insieme nel bellissimo palazzo. Vi erano dipinti all'interno della sala, ed era adornata d'argento. Tappeti erano ovunque sotto i loro piedi, e tutti le servivano. Avevano tutti i tipi di giochi. Ma Gudrun non parlava molto.

"Perché non sei felice?", disse Brunilde. "Non essere così. Facciamo in modo di trascorrere un tempo gioioso insieme, parlando di re potenti e delle loro grandi imprese".

"Lo faremo", disse Gudrun. "Quali pensi che siano i re più eminenti?"

"I figli di Hamund, Haki e Hagbard", rispose Brunilde. "Sono stati protagonisti di grandi atti in battaglia".

"Sono stati grandi e famosi", replicò Gudrun, "ma Sigar ha preso una loro sorella, e ne ha bruciata un'altra nella sua casa, e sono lenti nella vendetta. Perché non hai menzionato i miei fratelli, che attualmente sono considerati i più eminenti tra gli uomini?"

"Ciò è vero", disse Brunilde, "ma ancora non hanno affrontato grandi prove e conosco un uomo che li supera di molto – egli è Sigurd, il figlio di Re Sigmund. Era ancora un bambino quando uccise i figli di Re Hunding, e vendicò suo padre ed Eylimi, il padre di sua madre".

"E che prove ci sono di questo?" disse Gudrun. "Stai dicendo che era già nato quando suo padre cadde?"

Brunilde rispose: "Sua madre andò al campo di battaglia e lì trovò Sigmund ferito e si offrì di bendare le sue ferite, ma lui disse che era troppo vecchio per combattere ancora, e disse lei di trovare conforto nel fatto che avrebbe avuto un grandissimo figlio. E qui l'augurio di un uomo saggio fu una seconda vista. E dopo la morte di Re Sigmund, lei andò da Re Alf, e Sigurd fu cresciuto lì, con grande onore, e ogni giorno compiva atti valorosi, ed è l'uomo più rinomato in tutto il mondo".

"L'amore ti ha portata a sapere di lui", disse Gudrun, "ma sono venuta da te per dirti dei miei sogni – che mi hanno portato grande dolore".

"Non farti rattristare da questo", replicò Brunilde. "Stai con i tuoi parenti, che vogliono tutti che tu sia felice".

"Ho sognato", disse Gudrun, "che un gran numero di noi lasciava le nostre case, e vedevamo un grande cervo. Era superiore a tutti gli altri cervi. Aveva il pelo d'oro. Tutti volevamo catturarlo, ma solo io ci riuscivo. Il cervo era per me più prezioso di qualunque altra cosa. Poi tu uccidevi il cervo davanti a me. E con questo, il mio dolore era talmente grande che non potevo sopportarlo. Quindi mi davi un cucciolo di lupo. E questo mi imbrattò col sangue dei miei fratelli". "Lo interpreterò proprio per come accadrà", rispose Brunilde. "Sigurd, che io ho scelto come marito, verrà a te. Grimilde gli darà idromele avvelenato. Ciò darà grande tristezza a tutti noi. Tu lo sposerai e lo perderai presto. Quindi sposerai Re Atli. Perderai i tuoi fratelli e quindi ucciderai Re Atli".

"Sapere queste cose mi travolge per il dolore", rispose Gudrun. E così fecero ritorno da Re Giuki.

CAPITOLO XXVI

Ora Sigurd andava via con tutto il suo oro. Quindi si separavano in amicizia con i suoi compagni. Cavalcò Grani con indosso tutta la sua armatura e il suo equipaggiamento. Così arrivò alla sala di Re Giuki. Entrò a cavallo nel castello. Uno degli uomini del re vide questo e disse:

"Credo che stia arrivando uno degli dèi. Quest'uomo ha oro dappertutto. Il suo cavallo è molto più grande degli altri cavalli. Le sue armi e la sua armatura magnifiche. Egli lascia la maggior parte degli uomini di gran lunga dietro di lui e lui stesso eccelle di gran lunga su tutti gli altri uomini".

Allora il re uscì con i suoi servitori e si rivolse all'uomo:

"Chi sei tu che cavalchi così nel mio castello, come nessuno ha finora osato senza il permesso dei miei figli?"

"Mi chiamo Sigurd", rispose lui, "figlio di Re Sigmund".

"Sei il benvenuto qui tra noi", disse Re Giuki. "Tutto ciò che vuoi è tuo".

Entrò nella sala e tutti gli uomini sembravano bassi accanto a lui, e tutti lo servivano, e fu stimato con grande onore.

Sigurd, Gunnar e Hogni cavalcavano insieme, ma i successi di Sigurd erano di gran lunga superiori agli altri, per quanto fossero tutti grandi uomini.

Grimilde aveva notato come Sigurd amasse profondamente Brunilde, e quante volte parlasse di lei. Pensò che sarebbe stato un bene se lui si fosse insediato lì e avesse sposato la figlia del re Giuki, e vedeva lei stessa che nessuno avrebbe mai potuto dire di eguagliarlo, e quale dote aveva, una immensa ricchezza, più grande di qualsiasi altra che fosse nota. Il re lo trattava come uno dei suoi figli, e questi lo consideravano superiore a loro stessi.

Una sera, mentre sedevano a bere, la regina si alzò, andò da Sigurd e gli si rivolse così:

"Siamo molto felici che tu sia qui. Vorremmo darti tutto ciò che è buono. Prendi questo corno e bevi".

Così egli lo prese e bevve.

"Re Giuki sarà tuo padre, e io sarò tua madre", disse ancora lei, "e Gunnar e Hogni, e tutti coloro che faranno il giuramento, saranno i tuoi fratelli, ed allora nessuno sarà mai tuo pari".

Sigurd fu lieto di ciò, e con quella bevanda aveva perso qualsiasi ricordo di Brunilde. Restò lì per qualche tempo.

Un giorno Grimilde andò dal re Giuki, lo abbracciò e disse:

"Il più grande campione che si trova al mondo è con noi, ora. Si rivelerà un ottimo partito. Dagli tua figlia in sposa, una grande somma di danaro e qualunque altro titolo voglia, e così forse vivrà qui, felice".

"È raro offrire la mano della propria figlia, ma sarà molto più onorevole offrirla a lui che accettare la richiesta di qualsiasi altro pretendente".

Una sera, Gudrun stava servendo il vino. Sigurd vedeva bene che era una bellissima donna e di gran cortesia in ogni cosa. Sigurd ormai viveva lì da due anni e mezzo, e vivevano in ottimi rapporti e si parlava molto di loro – e i re stavano ora conversando:

"Stai facendo grandi cose per noi, Sigurd", disse Re Giuki, "e hai rafforzato molto il nostro potere".

"Faremo tutto per convincerti a restare qui a lungo", disse Gunnar. "Possedimenti, e la mano di nostra sorella – a nessuno sarà concessa, neanche se la chiedesse".

"Vi ringrazio per l'onore che mi fate", rispose Sigurd. "Accetto".

E così giuravano di essere fratelli, come se fossero nati dagli stessi genitori. Una festa sontuosa venne tenuta, e si protrasse per molti giorni. E quindi Sigurd sposò Gudrun. Tanti e vari divertimenti e intrattenimenti si potevano trovare lì, e ogni giorno di festa era meglio del giorno prima. Andarono in molti luoghi, compiendo gesta assai gloriose, uccidendo tanti principi, e nessun uomo ebbe mai compiuto atti grandi quanto i loro. Tornarono quindi a casa con un grande bottino. Sigurd diede una parte del cuore di Fafnir a Gudrun perché ne mangiasse, e così divenne molto più feroce di prima, e molto più saggia. Il nome del loro figlio, fu Sigmund.

Un giorno, Grimilde si recò da suo figlio Gunnar.

"I vostri affari stanno fiorendo", disse lei, "tranne in una cosa – non hai una moglie. Chiedi la mano di Brunilde; sareste una coppia perfetta, e Sigurd cavalcherà con te".

"Lei è certamente bellissima", rispose Gunnar, "e non mi dispiace per niente".

E così lo riferirono a suo padre, ai suoi fratelli e a Sigurd, e tutti erano molto favorevoli.

CAPITOLO XXVII

E così si prepararono minuziosamente per il viaggio. Cavalcarono quindi per monti e colline fino a Re Budli. Avanzarono la loro proposta. Egli la ricevette favorevolmente, se lei non avesse rifiutato, dicendo che era così orgogliosa che avrebbe sposato solo un uomo scelto da lei. Quindi cavalcarono a Hlymdalir. Heimir diede loro una calorosa accoglienza. Gunnar gli spiegò la sua missione. Heimir disse che sarebbe stata lei a decidere chi sposare. Quindi disse loro che la sua sala era poco distante, e che lui riteneva che avrebbe sposato solo colui che fosse riuscito a oltrepassare a cavallo le fiamme che circondavano la sala. Trovarono la sala e il fuoco, e videro un castello, con il colmo d'oro, e un fuoco che vi bruciava tutto intorno. Gunnar cavalcava in sella a Goti, e Hogni su Holkvi. Gunnar spronò il suo cavallo verso il fuoco, ma questi si tirò indietro. "Perché vai indietro, Gunnar?", disse Sigurd.

"Il cavallo non salterà il fuoco", rispose lui, e chiese a Sigurd di prestargli Grani.

"Con tutto me stesso", disse Sigurd.

Allora Gunnar cavalcò verso il fuoco, ma Grani si fermò. E così Gunnar non poteva oltrepassare il fuoco. Gunnar e Sigurd allora mutarono le loro sembianze l'uno nell'altro, come Grimilde aveva insegnato loro. Quindi Sigurd cavalcò con le briglie di Grani in mano, e speroni d'oro alle calcagna. Grani saltò nel fuoco quando sentì gli speroni. Allora si librò un potente ruggito mentre il fuoco aumentava, e la terra tremava. Le fiamme arrivavano al cielo. Nessuno aveva mai osato farlo, ed era come cavalcare dentro a una profonda nebbia. Quindi il fuoco si spense, e una volta saltato giù dal cavallo, entrò nella sala.

Così è detto:

Crebbe il fuoco,
la terra tremò
e l'alta fiamma
si erse fino al cielo.
Pochi re guerrieri,
vollero cavalcare

o andare avanti tra
la furia del fuoco.

Con la spada Sigurd
spinse Grani in avanti.
Dinanzi al principe
il fuoco moriva.
Le fiamme cessavano tutte
dinanzi all'affamato di gloria,
splendente era la bardatura
che di Regin era stata.

E quando Sigurd era passato attraverso il fuoco, trovò una bella dimora, e in
essa sedeva Brunilde. Lei chiese chi fosse. Lui rispose di essere Gunnar, figlio di
Giuki.

"E tu diverrai mia moglie – tuo padre ha acconsentito se avessi attraversato le
tue fiamme, e così il tuo padre adottivo, e se tu fossi stata d'accordo".

"Io non so cosa rispondere", disse lei.

Sigurd era in piedi sul pavimento, appoggiato all'elsa della spada, e disse a
Brunilde:

"In ricompensa darò una grande dote nuziale in oro e cose preziose".

Dal suo seggio, seduta come un cigno sull'onda, diede la sua replica solenne.
Aveva una spada in mano e un elmo in testa, ed era rivestita in armatura.

"Gunnar" disse, "non parlare a me di questo, a meno che tu non sia un uomo
migliore di tutti gli altri, e devi uccidere tutti quelli che hanno chiesto la mia
mano, se sei abbastanza risoluto. Ho combattuto contro il re del Gardarike [1], e le
mie armi sono state tinte del sangue degli uomini, e questo voglio ancora".

"Hai compiuto numerose grandi gesta", rispose lui, "ma ora pensa al tuo
giuramento, che se qualcuno avesse cavalcato attraverso il fuoco lo avresti
sposato".

Lei capì che ciò che lui aveva detto era vero e comprese il senso della sua
risposta. Si alzò e gli diede il benvenuto. Egli rimase tre notti e condivisero lo
stesso letto. Ma lui aveva preso la spada Gram e l'aveva riposta sguainata fra
loro due. Lei gliene chiese il motivo. Lui rispose che era stato deciso che avrebbe
sposato sua moglie in quel modo, o sarebbe morto. Poi prese da lei l'anello di
Andvari, che le aveva donato, e le diede un altro anello del tesoro di Fafnir.

---

[1] L'odierna Russia.

Dopodiché cavalcò di nuovo attraverso il fuoco, dai suoi compagni. Lui e Gunnar mutarono nuovamente le loro sembianze, e quindi cavalcarono verso Hlymdalir, per raccontare come era andata. Quello stesso giorno Brunilde tornò a casa da suo padre adottivo, e si confidò con lui, dicendogli che un re era venuto da lei –

"E ha cavalcato attraverso le mie fiamme che si alzavano, e ha detto che era venuto per farmi sua, e che il suo nome era Gunnar. Ma io ho detto che solo Sigurd poteva fare questo, lui a cui mi ero promessa sulla montagna – lui è il mio primo marito".

Heimir disse allora che le cose dovevano restare come erano.

"Aslaug[1], figlia mia e di Sigurd, sarà cresciuta qui con te", disse Brunilde.

I re quindi facevano ritorno e Brunilde andò da suo padre.

Grimilde accolse i re e ringraziò Sigurd per il suo aiuto. Un banchetto veniva quindi preparato. Arrivarono gli ospiti in gran numero. Re Budli venne con sua figlia Brunilde, e venne anche suo figlio Atli. La festa andò avanti per molti giorni. E quando fu finita, Sigurd rimembrò tutti i giuramenti fatti a Brunilde, ma non lo fece trasparire.

Brunilde e Gunnar sedevano insieme felici, e bevevano del buon vino.

CAPITOLO XXVIII

Un giorno le due regine, Gudrun e Brunilde, andarono a fare il bagno nel Reno. Brunilde guadò fino a un punto del fiume più lontano. Gudrun chiese cosa ciò volesse significare.

"Perché dovrei pensare che siamo di eguale levatura in questo più che in altre cose?" disse Brunilde. "Ho pensato che mio padre è più potente del tuo, e che mio marito ha compiuto molte cose eccezionali, e ha cavalcato attraverso il fuoco ardente, mentre tuo marito era lo schiavo di Re Hjalprek".

"Faresti meglio a contenerti", rispose Gudrun infuriata, "invece di insultare mio marito. Tutti dicono che nessun uomo mai nato al mondo sia neanche lontanamente come lui. E non ti si addice parlare male di lui, visto che era il tuo primo amore, e ha ucciso Fafnir e ha attraversato il tuo fuoco ardente, quando tu

---

[1] Si scopre qui che Sigurd e Brunilde avevano già una figlia, cosa che intacca enormemente la compattezza narrativa di questa saga. Secondo i letterati Peter Wieselgren (Svezia) e Björn Magnússon Ólsen (Islanda), entrambi vissuti nel 1800, la *Saga dei Volsunghi* non è addirittura mai esistita in modo indipendente, ma è stata appositamente compilata come una introduzione alla *Saga di Ragnar Lodbrok*, al fine di asserire la discendenza divina della casa reale norvegese. Aslaug (Kráka) sarà infatti la moglie di Ragnar, che diede lui anche i suoi quattro figli.

pensavi fosse Re Gunnar, e ha dormito con te e preso dalla tua mano l'anello di Andvari, – ed eccolo, ora puoi vederlo tu stessa!"

Brunilde allora vide l'anello e lo riconobbe. Subito impallidì come se fosse morta. Fece ritorno a casa e non pronunciò nessuna parola per tutta la sera. E quando Sigurd andò a letto, Gudrun chiese:

"Perché mai Brunilde è così sconsolata?"

"Non lo so", rispose Sigurd, "ma ho il presentimento che lo sapremo presto più a fondo".

"Perché non può accontentarsi con la sua ricchezza e felicità, e le lodi di tutti, e avendo avuto l'uomo che voleva?" disse Gudrun.

"E dov'era allora, quando ha detto di pensare di avere l'uomo più distinto, o quello che più desiderava?" disse Sigurd.

"Domani le chiederò chi voleva avere di più", replicò Gudrun.

"Ti consiglio di non fare questo", rispose Sigurd. "Ti pentiresti di averlo fatto".

La mattina dopo erano seduti sotto il pergolato, e Brunilde era silenziosa; poi parlò Gudrun:

"Rallegrati, Brunilde. Sei turbata per quella nostra conversazione, o quale altra cosa ti impedisce di essere felice?"

"Dici questo con null'altro che malizia", rispose Brunilde, "e hai un cuore crudele".

"Non dire così", disse Gudrun, "e piuttosto dimmelo".

"Chiedi solo cose che per te è bene sapere", rispose Brunilde. "Ciò si addice a donne di alto rango, ed è bene essere soddisfatte dalle cose buone – quando tutto sta andando come si voleva".

"È ancora presto per gloriarsi di questo", replicò Gudrun, "e trovo qualcosa di profetico in questo. Di cosa mi rimproveri? Non ho fatto nulla per causare il tuo dispiacere".

"Pagherai per aver avuto Sigurd", rispose Brunilde, "ti rimprovero di poterlo avere, e di tutto l'oro che ha lui".

"Nulla sapevo del giuramento che avevi fatto", rispose Gudrun, "e mio padre poteva tranquillamente combinare il mio matrimonio senza consultare te".

"Ciò che avevamo detto non era segreto, avendo giurato come avevamo fatto, e tu sapevi che mi stavi ingannando, ma sarò vendicata", rispose Brunilde.

"Hai avuto un marito migliore di quello che avresti meritato", replicò Gudrun. "Ma il tuo orgoglio non sarà saziato senza una malefatta, e saranno in molti a pagare per quello".

"Sarei contenta", disse Brunilde, "se tu non avessi l'uomo più nobile!"

"Tuo marito è così nobile", replicò Gudrun, "che nessuno può nominare un re più grande, con potere e ricchezza in abbondanza, per di più".

"Sigurd ha ucciso Fafnir", disse Brunilde, "e quello vale più di tutto il potere di Re Gunnar. Come dice il poema:

Sigurd uccise il drago,
quel gesto sarà narrato
fino a quando sulla terra
vi sarà vita.
Nulla bramò tuo fratello
di ottenere mai
né di andare avanti
verso la furia del fuoco".

"Grani non ha cavalcato attraverso il fuoco con Re Gunnar in sella, ma lui ha provato a farlo, e il suo coraggio non può essere messo in dubbio", replicò Gudrun.

"Non potrò mai fingere di essere ben disposta verso Grimilde", rispose Brunilde.

"Non incolparla", rispose Gudrun, "perché lei ti tratta come una figlia".

"Lei è il responsabile di tutta la sfortuna che ci affligge ora", rispose Brunilde. "Ha portato a Sigurd della birra avvelenata, in modo che non potesse più ricordare neanche il mio nome".

"Stai dicendo tante bugie", disse Gudrun. "È una bugia mostruosa".

"Goditi Sigurd nella misura in cui non mi hai ingannata – non meritate di vivere insieme, e spero che le cose si rivelino per voi come io mi aspetto", rispose Brunilde.

"Me lo godrò molto più di quanto potresti fare tu", rispose Gudrun, "e nessuno ha mai pensato che lui sia mai stato troppo intimo con me, mai una volta".

"Parli in modo sconsiderato, e quando ti sarai calmata ti pentirai di averlo fatto", replicò Brunilde. "Non continuiamo con questo linguaggio offensivo".

"Sei stata tu la prima a riferirti in modo offensivo a me", disse Gudrun. "Ora fai come se volessi rimettere le cose a posto, ma c'è ancora malizia dietro".

"Smettiamola con queste chiacchiere vane", disse Brunilde. "A lungo sono stata zitta sul dolore che albergava nel mio cuore, e non amo altri che tuo fratello, parliamo di qualcos'altro".

"I tuoi pensieri vanno molto più in là di questo", disse Gudrun.

E grande malcontento emerse, perché erano andate al fiume e Brunilde aveva riconosciuto l'anello che aveva portato al loro litigio.

CAPITOLO XXIX

Dopo la loro discussione, Brunilde andò a letto, e Gunnar venne a sapere che Brunilde si era ammalata. Egli andò a vederla e le chiese cosa la affliggesse. Ma lei non gli diede risposta, e rimase lì come se fosse morta. Ma quando lui si fece più insistente, lei disse:

"Che cosa ne hai fatto dell'anello che ti ho dato, il regalo di Re Budli al nostro ultimo addio, quando voi, figli di Giuki, siete venuti da lui minacciandolo col fuoco e la spada se non mi aveste avuta? Quella volta lui mi condusse in disparte, e mi chiese chi avevo scelto di coloro che erano venuti. Ma io proposi di difendere il regno e comandare un terzo dei suoi uomini. Mi diede due scelte: sposarmi, o perdere tutta la mia ricchezza e il suo favore, e disse che il suo favore mi sarebbe stato più utile della sua ira. Allora dovetti decidere di cedere alla sua volontà, o di uccidere molti uomini. Capii di non essere all'altezza di combattere contro di lui, e così promisi di sposare chiunque avesse cavalcato il cavallo Grani con il tesoro di Fafnir, attraverso le mie fiamme ardenti, e uccidere quegli uomini che gli avrei nominato. E nessuno osò cavalcare, tranne Sigurd. Cavalcò attraverso le fiamme perché non gli mancava il coraggio per farlo. Lui, che uccise il Drago, e Regin, e cinque re, non tu, Gunnar, che sei divenuto pallido come un morto, e non sei né un re, né un eroe. E, di nuovo da mio padre, giurai che avrei amato solo l'uomo più nobile, e questi non è che Sigurd. Ecco, ora ho rotto il giuramento, perché lui non è mio, e per questo motivo sarò la causa della tua morte. E dovrò ricambiare Grimilde per la sua malvagità. Non vi è donna più vigliacca né peggiore di lei".

Gunnar rispose in modo da non farsi sentire da altri:

"Hai detto molte falsità, ed è scellerato, da parte tua, parlare male di una donna di gran lunga migliore di te – lei era scontenta della sua condizione come tu lo sei della tua, ma non ha mai tormentato uomini morti, né ha ucciso nessuno, ed è stimata da tutti".

"Io non ho mai avuto incontri segreti", rispose Brunilde "né commesso alcun oltraggio – non è quella la mia natura – ma sarò ben pronta a ucciderti".

E avrebbe ucciso Re Gunnar, ma Hogni la incatenò.

Quindi Gunnar parlò:

"Non è mio volere che lei sia incatenata".

"Non ti curare di questo", rispose lei, "poiché mai più mi vedrai felice nella tua sala, né a bere, né a giocare a scacchi, né mai a parlare in tono amichevole, né a lavorare i bei materiali d'oro, né a darti mai consiglio".

Disse che il suo più grande dispiacere era non essere sposata con Sigurd. Si alzò e si avventò sul suo lavoro di ricami, facendolo a pezzi, e quindi ordinò che fosse aperta la porta della sua stanza, così che i suoi lamenti potessero essere uditi lontano. Ora vi era grande dispiacere ed era sentito in tutti i distretti.

Gudrun chiese alle sue ancelle perché fossero così tristi e abbattute:

"Che cosa avete? Perché andate in giro come folli? Quale strana cosa vi ha colpite?"

Quindi una donna del suo seguito, di nome Svafrlod, rispose:

"Questo è un brutto giorno, la nostra sala è colma di disperazione".

Allora Gudrun parlò alla sua confidente:

"Alzatevi, abbiamo dormito a lungo. Andate a svegliare Brunilde, torniamo ai nostri ricami e siamo gioiose".

"Non lo farò", disse lei, "non andrò a svegliarla, né parlerò con lei – perché per molti giorni non ha bevuto né idromele né vino, e l'ira degli dèi è caduta su di lei".

Quindi Gudrun parlò a Gunnar: "Va' a vederla", disse, "e dille che non abbiamo alcun piacere nel vederla addolorata".

"Mi è impedito di vederla", rispose Gunnar, "e di partecipare in qualunque sua cosa".

Ma Gunnar andò a vederla lo stesso, e provò in molti modi a parlare con lei, ma non ottenne alcuna risposta. Quindi andò via, incontrò Hogni, e ordinò lui di andare a trovarla. Egli rispose di essere restio a farlo, ma andò comunque, e non ottenne nulla da lei. E incontrato Sigurd, lo pregò di farle visita. Lui non rispose nulla, e quella fu la sua posizione quella sera.

E il giorno dopo, di ritorno dalla caccia, Sigurd incontrò Gudrun, e le disse:

"Ho avuto il presentimento che il tremore febbrile peggiorerà, e che Brunilde morirà".

"Mio signore", rispose Gudrun, "grandi presagi la circondano. Per sette giorni e sette notti ha dormito, e nessuno ha osato svegliarla".

"Lei non dorme", rispose Sigurd. "Ma è intenta in un piano contro noi due".

Allora Gudrun, piangendo, disse:

"Immenso è il dolore nel sentire della tua morte! Sarebbe meglio andare a vederla, e vedere se il suo orgoglio si possa placare. Dalle dell'oro, e placa la sua ira".

Sigurd andò e trovò la sala aperta. Pensava che lei dormisse, e sollevando le coperte, le disse:

"Alzati, Brunilde. Il sole splende su tutta la casa, e tu hai dormito abbastanza. Allontana il dolore e sii felice".

"Con quale coraggio osi venire da me?" disse lei. "Nessuno ha agito peggio di te in questo inganno".

"Perché non parli con nessuno?" chiese Sigurd. "Che cosa ti affligge?"

"Ti dirò della mia ira", rispose Brunilde.

"Sei folle se credi che io abbia intenti crudeli verso di te, e tuo marito è colui che tu hai scelto", disse Sigurd.

"No", disse lei. "Gunnar non ha cavalcato attraverso il fuoco per me, né mi ha dato la dote degli uomini uccisi. Ero perplessa sull'uomo che era entrato nella mia sala, e pensai di aver riconosciuto i tuoi occhi, ma non riuscivo a vedere chiaramente a causa del velo che incombeva sulla mia fortuna".

"Non sono più nobile dei figli di Giuki", disse Sigurd. "Loro hanno ucciso il re dei Danesi, e un grande principe, il fratello di Re Budli".

"Ho un pesante conto da regolare con loro", rispose Brunilde, "e non ricordarmi dei miei dolori. Tu, Sigurd, hai ucciso il drago, e hai cavalcato attraverso il fuoco, anche per me, e non uno dei figli di re Giuki era lì".

"Io non sono mai stato tuo marito, e tu non sei mia moglie", rispose Sigurd, "e un re famoso ha pagato la dote per te".

"Non ho mai guardato a Gunnar così che il mio cuore sorridesse", rispose Brunilde, "e serbo per lui solo odio, anche se lo nascondo agli altri".

"È mostruoso non amare un simile re", disse Sigurd. "Che cosa ti affligge di più? A me sembra che il suo amore dovrebbe essere per te più prezioso dell'oro".

"La cosa più dolorosa per me", rispose Brunilde, "è che non posso avere una spada affilata da arrossare nel tuo sangue".

"Non temere per quello", replicò Sigurd. "Non passerà molto tempo prima che una spada affilata sia piantata nel mio cuore, e tu non chiederai di meglio per te stessa, poiché tu non sopravvivrai a me – non saranno molti i nostri giorni d'ora in poi".

"Non da una leggera malizia vengono le tue parole, dal momento che tu mi hai derubata di ogni gioia", rispose Brunilde, "e la vita non vale niente per me".

"Vivi, ama Re Gunnar e me", rispose Sigurd. "Darò tutto ciò che possiedo se solo tu non muoia".

"Tu davvero non conosci la mia natura", rispose Brunilde. "Sei il più grande degli uomini, e nessuna donna ti ha mai odiato come faccio io".

"La verità è molto diversa", replicò Sigurd. "Io ti ho amata più di me stesso – anche se sono caduto in un sortilegio che ora non può essere cambiato – ma quando la mia mente era sgombera da nubi, ho sempre sofferto perché tu non eri mia moglie. Ma ho sempre cercato di resistere al meglio, perché dimoravo nella sala di un re. E nonostante tutto ero contento che fossimo tutti insieme. Può anche darsi che ciò che era predetto avverrà, ma io non avrò paura di questo".

"È troppo tardi perché tu dica che il mio dolore ti affligge", replicò Brunilde, "e non troverò sollievo in questo".

"Voglio che noi due condividiamo lo stesso letto", replicò Sigurd, "e che tu sia mia moglie".

"Queste cose non si possono dire", rispose Brunilde. "E io non avrò due re in una sala. Morirò piuttosto che tradire Re Gunnar" – e a quel punto ricordò di quando si incontrarono sulla montagna e fecero i loro giuramenti:

"Ma ora tutto è cambiato, e non voglio vivere".

"Non ricordavo il tuo nome", disse Sigurd, "né ti riconoscevo prima che ti fossi sposata – e questo è il mio più grande dolore".

"Io feci un giuramento", disse allora Brunilde, "che avrei sposato l'uomo che avesse cavalcato tra le mie fiamme ardenti, e quel giuramento io manterrò, o morirò".

"Piuttosto che tu muoia, io ripudierò Gudrun, e sposerò te", disse Sigurd, e il suo petto era così gonfio che gli anelli della sua cotta di maglia si ruppero.

"Io non ti voglio", disse Brunilde, "né te, né nessun altro".

Sigurd se ne andò.

Come dice la canzone di Sigurd:

"Se ne andava Sigurd,
fedele amico degli uomini,
senza più parlare,
così forte il suo dolore,
che la sua maglia,
di ferro intrecciata,
ai fianchi del guerriero
si aprì larga e cadde"

E quando Sigurd entrò nella sala, Gunnar chiese se fosse venuto a sapere quale dolore la affliggesse, e se lei fosse in grado di parlare. Sigurd disse che non le mancava la parola. E così Gunnar andò a trovarla una seconda volta, e le chiese quale fosse il suo dolore, e se vi si potesse rimediare in qualche modo.

"Non voglio vivere", disse Brunilde, "perché Sigurd mi ha tradita, e non di meno tu, dal momento che gli hai permesso di dormire con me. Ora non voglio avere due mariti in una sala nello stesso tempo, e questo vorrà dire la morte di Sigurd – o la tua morte, o la mia, perché ha detto tutto a Gudrun, e lei mi schernisce per questo".

CAPITOLO XXX

Successivamente Brunilde uscì e si sedette davanti alla parete delle sue stanze, e diede sfogo alla sua rabbia. Diceva di odiare tutto, terre e potere allo stesso modo, perché Sigurd non era suo. Venne di nuovo Gunnar e Brunilde disse:

"Tu perderai sia il regno che la ricchezza, la tua vita e me, e io tornerò dalla mia famiglia e vivrò lì nel dolore, se tu non uccidi Sigurd e suo figlio. Mai nutrire il cucciolo di un lupo".

Gunnar cadde nello sconforto. Non sapeva affatto quale fosse la cosa migliore da fare, poiché era legato a Sigurd da un giuramento. Molti pensieri si facevano largo nella sua mente, ma infine pensò che sarebbe stato più disonorevole se sua moglie lo avesse lasciato.

"Brunilde è per me più preziosa di ogni altra cosa", disse Gunnar, "è la donna più famosa di tutte, e morirei piuttosto che perdere il suo amore". Quindi chiamò suo fratello Hogni e gli disse:

"Un grande problema grava su di me", e gli disse di voler uccidere Sigurd, il quale, diceva, aveva tradito la sua fiducia – "così l'oro, e ogni potere, sarà nostro".

"Non sarebbe giusto", disse Hogni, "spezzare i nostri giuramenti con un atto ostile. E lui è molto prezioso per noi. Nessun re sarà mai nostro pari, finché vive questo re della terra degli Unni. E non avremo mai un cognato come lui, e pensa quanto sarebbe d'aiuto avere un tale cognato, e nipoti da lui! Ma capisco come stanno le cose. Brunilde è dietro a tutto ciò, e i suoi piani andranno contro di noi e ci porteranno grande infamia".

"Dovrà essere fatto", disse Gunnar, "e credo anche di sapere come. Convinciamo nostro fratello Guttorm a farlo, lui è giovane, e di scarsa conoscenza, ed è libero da ogni giuramento".

"Penso sia un piano sconsiderato", disse Hogni, "e anche se possiamo avere successo, pagheremo comunque caro per aver tradito un uomo del genere".

Gunnar disse che Sigurd doveva morire – "O altrimenti sarò io a morire".

Disse a Brunilde di alzarsi ed essere felice. Lei si alzò, ma disse che Gunnar non avrebbe mai condiviso il suo letto finché non fosse stato fatto.

Poi i fratelli discussero ancora a riguardo. Gunnar disse che aver tolto la verginità a Brunilde era un atto che di certo meritava la morte – "Ora vieni, cerchiamo di convincere Guttorm a compiere l'atto".

E così lo chiamarono, e gli offrirono oro e grande potere, se lo avesse fatto. Presero un serpente e della carne di lupo, li bollirono insieme e glieli diedero da mangiare, come canta lo scaldo:

"Pesce di foresta[1] presero,
carne di lupo tagliarono,,
per dare tutto a Guttorm,
la carne del Lupo[2],
mischiata a birra,
ed altre magie".

E con quel pasto e gli argomenti di Grimilde, egli divenne così feroce e impetuoso che arrivò a promettere di compiere l'atto. Loro, in cambio, gli promisero grandi onori. Sigurd non si aspettava questo tradimento, ma non poteva combattere contro il fato e il suo destino. E Sigurd non si aspettava di poter essere vittima di un loro tradimento.

Il mattino seguente, Guttorm entrò nella stanza di Sigurd mentre giaceva sul letto. Ma quando Sigurd lo guardò, Guttorm non osò attaccarlo, e uscì dalla stanza. Ciò accadde ancora una seconda volta. Gli occhi di Sigurd erano così penetranti che pochi osavano incrociarli. Entrò una terza volta, e Sigurd si era addormentato. Guttorm estrasse la spada e la affondò su Sigurd, così forte da bucare anche il letto sotto di lui. Sigurd si svegliò con quella ferita, proprio mentre Guttorm si apprestava a uscire dalla stanza. Allora Sigurd prese la spada Gram e la lanciò contro di lui. Lo colpì alla schiena, e lo tagliò in due. La parte inferiore cadde in una direzione, e l'altra, la testa e le braccia, caddero indietro nella stanza. Gudrun dormiva tra le braccia di Sigurd e si svegliò con immensa disperazione, completamente inondata dal suo sangue, e pianse, strillò e gemette così tanto che Sigurd si alzò dal cuscino e parlò:

---

[1] Una *kenning* che identifica i serpenti.
[2] La versione islandese dice Geri, ovvero uno dei due lupi di Odino, detto il "Famelico". L'altro era Freki.

"Non piangere", disse, "i tuoi fratelli vivono per la tua gioia, ma ho un figlio piccolo che è troppo giovane per stare in guardia dai suoi nemici – e loro si sono davvero messi nei guai! Non troveranno mai un cognato come me che vada con loro in battaglia, né un nipote migliore, se riuscirà a raggiungere l'età adulta. E ciò che era stato a lungo presagito, si sta ora avverando. Non sono mai riuscito a crederci, ma nessuno può combattere contro il proprio destino. Brunilde è l'artefice, lei che ama me più di ogni altro uomo. Ma giuro che non ho mai fatto un torto a Gunnar e ho sempre tenuto fede ai nostri giuramenti, e non sono mai stato troppo amichevole con sua moglie. E se fossi stato al corrente di tutto ciò, e se mi fossi alzato in piedi con le mie armi, molti uomini avrebbero perso la vita prima che io cadessi, e i fratelli sarebbero tutti morti, e mi avrebbero trovato più difficile da uccidere del più grande bisonte o cinghiale selvatico".

E così il re morì. E Gudrun gridò in profonda disperazione. Brunilde la udì e rise quando sentì i suoi lamenti. Poi parlò Gunnar:

"Tu non ridi perché ti senti felice nel profondo del cuore – altrimenti perché il colorito del tuo viso ti abbandona?[1] Sei un mostro e di sicuro anche una donna maledetta. Nessuno più di te merita di vedere uccidere Re Atli – e dovrai essere presente! Come io dovrò assistere alla morte di mio cognato, l'uccisore di mio fratello".

"Nessuno si lamenterà di poche uccisioni", rispose lei. "Ma a Re Atli non importa nulla della tua ira e delle tue minacce. E vivrà più a lungo di tutti voi, e sarà un uomo molto potente".

"Ciò che Brunilde aveva profetizzato, si è avverato", disse Hogni, "con questo atto empio che mai potremo cancellare".

"I miei fratelli hanno ucciso mio marito", disse Gudrun. "Ora andrete in prima fila in battaglia, e quando combatterete e vedrete che Sigurd non è al vostro fianco, allora capirete che lui era la vostra forza e la vostra fortuna, e se avesse avuto figli come lui, sareste stati rafforzati dai suoi figli e dalla loro stirpe".

CAPITOLO XXXI

Nessuno allora pensò di poter spiegare perché Brunilde avesse chiesto, ridendo, di compiere l'atto per cui ora stava piangendo. Poi lei parlò:

---

[1] Era credenza comune che quando qualcuno avesse commesso una malvagità estrema, il suo colorito cambiasse in relazione alla ripercussione sul suo destino "condannato".

"Gunnar, ho sognato che il mio letto era freddo, e tu eri caduto nelle mani del nemico, e le cose andranno male per tutta la tua famiglia perché hai spezzato il giuramento, né hai ricordato bene, quando lo tradivi, di come tu e Sigurd avete mescolato il vostro sangue, e tu lo hai ripagato solo con il male per tutto quello che ha fatto per te, e per averti dato una posizione eminente. E quando lui è venuto da me ha mantenuto fede ai giuramenti, ponendo tra noi quella spada affilatissima e avvelenata. Ma tu hai fatto male a lui e a me già quando ero a casa mia con mio padre, e avevo tutto ciò che volevo, e non intendevo neanche lontanamente sposare nessuno di voi, quando voi tre re siete venuti a cavallo al castello. Allora Atli mi ha presa in disparte e mi ha chiesto se avrei sposato l'uomo che cavalcava Grani. E quello non eri tu. E così fui promessa al figlio di Re Sigmund e a nessun altro. Le cose non ti andranno lisce, anche se io morirò".

Allora Gunnar si fece avanti e la abbracciò, e la pregò di vivere e di accettare ricchezze, e tutti gli altri la pregarono di non morire. Ma lei respinse tutti quelli che vennero da lei e disse che era inutile cercare di distoglierla dal suo proposito. Quindi Gunnar si rivolse a Hogni e gli chiese consiglio, e disse lui di andare a vedere se potesse calmarla, e che era strettamente necessario che il suo dolore fosse lenito, finché il tempo non lo avesse curato.

"Nessuno le dica di non morire", rispose Hogni, "perché non ci è stata di alcun aiuto, né lo è stato per nessun altro, da quanto è venuta qui".

Ora Brunilde ordinava che una grande quantità di oro fosse portata lì e che tutti coloro che desideravano avere ricchezze venissero lì. Quindi prese una spada e si trafisse sotto il braccio, per poi buttarsi tra i cuscini, e disse:

"Se qualcuno vuole dell'oro, ecco – prendetevelo".

Tutti erano in silenzio.

"Prendete l'oro", disse Brunilde, "e godetene".

Brunilde parlò nuovamente a Gunnar:

"Ora ti dirò brevemente ciò che accadrà: su consiglio della maga Grimilde, tu e Gudrun sarete presto riconciliati. La figlia di Gudrun e Sigurd sarà chiamata Svanilde – e sarà più bella di ogni altra donna mai nata. Gudrun sarà data in sposa ad Atli contro il suo volere. Tu vorrai sposare Oddrun, ma Atli lo impedirà. Allora vi incontrerete in segreto, e lei ti amerà. Atli ti tradirà e ti metterà in una gabbia di serpenti, e poi Atli e i suoi figli saranno uccisi. Sarà Gudrun a ucciderli. Quindi potenti onde la porteranno al castello di Re Jonak. Lì lei avrà figli nobili. Svanilde sarà esiliata e sposerà Re Jormunrek[1]. Il complotto

---

[1] Era un re gotico dei Greutungi che prima dell'invasione unna governava una porzione considerevole dell'Oium, la parte di Scizia abitata dai Goti a quel tempo. Dei Greutungi si tratta anche nella *Saga di*

di Bikki sarà la sua rovina. E allora la vostra discendenza sarà estinta e la massima disperazione sarà di Gudrun".

"E ora ti chiedo, Gunnar, di esaudire una mia ultima richiesta. Fai ergere una grande pira a terra per tutti noi, per me e per Sigurd, e per coloro che sono stati uccisi con lui. Fa che sia ricoperta da un telo tinto di rosso del sangue degli uomini e fai bruciare accanto a me il re degli Unni, e all'altro suo fianco i miei uomini, due alla sua testa e due ai piedi, e due falchi con loro – tutti in parti uguali. Poni fra noi una spada sguainata, come in quei giorni, in cui abbiamo condiviso lo stesso letto – quando fummo detti marito e moglie, e la porta non si chiuderà ai suoi talloni, se io lo seguirò, né il nostro funerale sarà misero se cinque ancelle e otto servi, che mio padre mi ha dato, lo accompagnano, e bruceranno lì anche coloro che sono stati uccisi con Sigurd, e direi altro ancora se non fossi ferita, ma ora il mio soffio sta svanendo, lo squarcio si allarga, e io ho detto il vero".

E così il corpo di Sigurd veniva sistemato secondo l'antica usanza, e una grande pira veniva eretta. E quando fu ben accesa, il corpo di Sigurd Flagello di Fafnir, fu posto in cima, insieme a quello di suo figlio di tre anni che Brunilde aveva fatto uccidere, e a quello di Guttorm. E quando la pira fu in fiamme, Brunilde andò in cima e disse alle sue ancelle di prendere l'oro che gli aveva dato. Dopodiché Brunilde moriva, e veniva arsa lì, al fianco di Sigurd, e così finivano i loro giorni.

Re Heidrek. Gli storici moderni hanno affermato che Ermanrico ad un certo punto governò un regno che si estendeva dal Mar Baltico al Mar Nero e a est fino ai Monti Urali.

CAPITOLO XXXII

Ora, tutti quelli che seppero di questi eventi dicevano che al mondo non vi era più nessuno come Sigurd, e che mai nessuno come lui sarebbe nato, e che il suo nome non sarebbe mai stato dimenticato, ovunque si parlasse il germanico, né in nessuna terra del nord, finché il mondo fosse esistito.

La storia narra che un giorno, quando Gudrun sedeva nella sua stanza, disse: "La mia vita era migliore quando ero la moglie di Sigurd. Lui era al di sopra degli altri uomini, così come l'oro è al di sopra del ferro, o l'aglio delle altre erbe, o il cervo degli altri animali selvatici, e i miei fratelli arrivarono a invidiarmi un uomo del genere, superiore agli altri uomini. Non riuscirono a dormire finché non l'ebbero ucciso. Grani fece un gran rumore quando vide il suo padrone ferito. Poi parlai con lui come se fosse un uomo, ma lui chinò il capo a terra, perché sapeva che Sigurd era caduto".

Poi Gudrun scomparve nel bosco, e udì intorno a lei l'ululato dei lupi, e pensò che sarebbe stato meglio morire. Gudrun continuò finché non giunse alla sala di Re Alf[1], e lì, in Danimarca, stette con Thora, la figlia di Hakon, per tre anni e mezzo, e le venne concessa una grande ospitalità, e lei cucì un ricamo per lei, in cui erano raffigurate grandi gesta e nobili giochi che erano di moda di quei giorni, spade e cotte di maglia, e tutto l'equipaggiamento di un re, e le navi di Re Sigmund che veleggiavano lungo la costa. Gudrun e Thora ricamarono la battaglia di Sigar e Siggeir, nel sud del Fyn[2]. Questo fu il loro passatempo, e in qualche modo Gudrun era stata confortata nel suo dolore.

Grimilde venne a sapere cosa ne era stato di Gudrun. Chiamò i suoi figli a parlare con lei, e chiese loro come avessero intenzione di compensare Gudrun per il figlio e il marito, dicendo che sarebbe stato giusto farlo.

Gunnar disse che le avrebbe dato dell'oro per compensare i suoi dispiaceri. Inviarono dispacci ai loro amici, e prepararono cavalli, elmi, scudi, e spade e cotte di maglia, e armature di ogni sorta. La spedizione fu magnificamente preparata, e nessun campione di qualsiasi rango sarebbe rimasto a casa. I loro cavalli furono vestiti di maglia, e ogni cavaliere aveva l'elmo dorato o brillantemente lucidato.

Grimilde li accompagnò nella spedizione, e diceva che la loro missione sarebbe stata portata a termine solo se lei non fosse rimasta a casa. Avevano in tutto cinquecento uomini. E avevano anche uomini famosi con loro. C'era

---

[1] Lo stesso Alf che diede ospitalità a Hjordis, madre di Sigurd.
[2] Isola della Danimarca.

Valdemar di Danimarca, e Eymod e Jarisleif[1]. Così entrarono alla sala di Re Alf. Lì vi erano Longobardi, Franchi e Sassoni. Avevano viaggiato con tutto l'equipaggiamento, e indossavano mantelli di pelliccia rossa, come dice la canzone:

"Cotte di maglia corte,
elmi alti possenti,
cinti di buone spade,
le chiome rosse splendenti."

Avevano voluto scegliere bei doni per la loro sorella, e parlarono con lei in modo gentile, ma lei non si fidava di nessuno. Quindi Grimilde le portò una bevanda stregata, e lei ne bevve, e così non ebbe più memoria dei loro torti.

In quella bevanda era mescolata la potenza della terra, del mare e il sangue di suo figlio. Nel corno vi erano incisi caratteri di ogni tipo e arrossati di sangue, come dice questo verso:

"Sul corno vi erano
tutti i tipi di lettere,
intagliate e arrossate,
ma leggerle non so:
Il lungo pesce-molva
della terra degli Asdingi[2],
spiga di grano tagliata,
e pezzi di selvaggina in dentro.

In quella birra eran meste
molte malvagità insieme,
ogni erba del bosco
e ghiande annerite,
la scura rugiada del camino,
interiora di bestie sacrificali,

---

[1] Non è possibile risalire all'identità di Valdemar dato che quello fu un nome comune a molti re di Danimarca, ma è quasi certo, per via della peculiarità del nome, che Jarisleif sia il principe Jaroslav (978-1054), dei Rus Varangi, che fu aiutato contro suo fratello da Eymund, probabilmente l'Eymod menzionato qui, cui è dedicata una saga del *Flateyjarbók*

[2] Il lungo pesce-molva potrebbe essere un'anguilla, e "la terra degli Asdingi" non è altro che il mare, essendo gli Asdingi celebri "re del mare" vichinghi.

e il fegato cotto del cinghiale
che ogni torto è detto smorzare".

E così ora, quando furono riconciliati gli uni agli altri, fu momento di grande gioia. E quando ritrovò Gudrun, Grimilde disse:
"Salve a te, figlia mia. Ti darò oro e tesori di ogni tipo, eredità di tuo padre, preziosi anelli e cortine da letto delle più graziose fanciulle unne, e così tuo marito sarà ricompensato. Dopo, tu sarai data in sposa ad Atli, il potente re. Allora sarai padrona di tutta la sua ricchezza. E non maledire i tuoi familiari per amore di un uomo. Fa' piuttosto come ti chiediamo".
"Non sposerò mai Re Atli", replicò Gudrun. "Non sarebbe decoroso continuare la dinastia con lui".
"Ora non devi pensare alla tua ostilità", rispose Grimilde. "Fa' come se Sigurd e Sigmund siano ancora vivi, quando avrai figli".
"Io non posso dimenticarlo", disse Gudrun. "Lui era il primo di tutti gli uomini".
"Sei destinata a sposare questo re", disse Grimilde, "e non sposerai nessun altro".
"Non costringermi a sposare questo re", disse Gudrun. "Da lui non verrà che il male per questa famiglia, e farà del male ai tuoi stessi figli, e allora una terribile vendetta si abbatterà su di lui".
I suoi argomenti resero Grimilde infelice riguardo ai suoi figli; poi disse:
"Fai come noi ti chiediamo e in cambio avrai grande onore e la nostra amicizia, e i distretti di Vinbjorg e Valbjorg".
Le sue parole avevano un peso tale che così avrebbe dovuto essere.
"Così sarà allora", disse Gudrun, "sebbene contro la mia volontà, e non vi sarà molto motivo di gioia, ma piuttosto di dolore".
Poi gli uomini balzarono sui loro cavalli, e le donne vennero accomodate in carri, e così viaggiarono per una settimana a cavallo, e un'altra settimana a bordo di nave, e una terza a terra, finché non giunsero a una sala alta. Una grande folla venne a incontrare Gudrun, e una festa grandiosa era stata già preparata, poiché vi era stata parola tra le due parti, e procedette in pompa magna e con grandi cerimonie. E a questa festa, Atli sposò Gudrun. Ma il suo cuore non sorrise mai a lui, ed ebbero poca gioia nella loro vita insieme.

CAPITOLO XXXIII

Ora narra la storia che una notte Re Atli si svegliò dal sonno e parlò a Gudrun:

"Ho sognato", disse, "che tu mi trafiggevi con una spada".

Gudrun interpretò il sogno, e disse che sognare il ferro significava il fuoco – "E il concetto di pensarti superiore a tutti".

"Ho fatto anche un altro sogno", disse Atli. "Sembrava che due canne fossero spuntate qui, e non avrei mai voluto danneggiarle. Poi venivano strappate dalle radici e arrossate di sangue, e portate al tavolo, e mi venivano date da mangiare. E un altro ancora: due falchi volavano dal mio polso, ma non trovavano nessuna preda e morivano. Mi sembrava come se i loro cuori fossero impregnati di miele, e pensavo di mangiarli. Quindi mi sembrava di avere ai miei piedi dei bei cani giovani, e guaivano forte, e io mangiavo le loro carni contro la mia volontà".

"Questi non sono bei sogni", disse Gudrun, "e si avvereranno. Sicuramente i tuoi figli sono destinati a morire, e molte avversità cadranno su di noi".

"Ho avuto un altro sogno", le disse. "Ero disteso a letto e c'era un complotto per uccidermi".

Quindi passò il tempo, ma non conobbero mai l'affetto nella loro vita insieme.

Re Atli allora si chiese cosa ne fosse stato dell'oro che Sigurd possedeva, ma ora erano solo Re Gunnar e i suoi fratelli a saperlo. Atli era un re grande e potente, era saggio e signore di molti uomini. Sedette a consiglio con i suoi uomini su come avrebbe dovuto procedere. Sapeva che Gunnar e i suoi fratelli erano i più ricchi in assoluto e nessuno poteva essere comparato a loro. Decise quindi di inviare degli uomini a far visita ai fratelli, e invitarli a un banchetto per rendergli molti onori. Erano capeggiati da un uomo chiamato Vingi.

La regina seppe dei loro colloqui privati, e iniziò a sospettare un tradimento a danno dei suoi fratelli. Gudrun intagliò delle rune, e prese un anello d'oro, al quale legò i peli di un lupo, per poi darlo ai messaggeri del re. Quindi partirono, come il re aveva ordinato. Ma prima ancora di sbarcare, Vingi vide le rune e le alterò, come se Gudrun avesse chiesto che i suoi fratelli venissero da Re Atli. Quindi arrivarono alla sala di Re Gunnar, ed ebbero una buona accoglienza da lui, e grandi fuochi furono accesi per loro. Dopodiché bevvero le migliori bevande. Poi parlò Vingi:

"Re Atli mi manda qui, ed è desideroso che veniate a fargli visita con grande onore, e ricevere da lui grandi onori, elmi e scudi, spade e cotte di maglia, oro e belle vesti, truppe e cavalli, e vaste terre in pegno – e a entrambi voi, lui è compiaciuto nel donare il suo potere".

Allora Gunnar girò la testa e disse a Hogni:

"Come facciamo a ricevere questa offerta? Ci invita a prendere grandi poteri, ma io non conosco nessun re che abbia tanto oro quanto ne abbiamo noi, perché noi abbiamo tutto il tesoro che si trova alla Piana di Gnita, e abbiamo intere stanze piene d'oro, le armi più belle, e ogni tipo di armature. So che il mio cavallo è il migliore, e la mia spada la più affilata, e il mio oro favoloso".

"Questa offerta mi sorprende", rispose Hogni, "poiché sempre di rado ha fatto questo, e sarebbe mal consigliato venire da lui – e sono sorpreso nel vedere un pelo di lupo legato a un anello d'oro, tra le cose che Re Atli ci invia, e potrebbe darsi che Gudrun pensi che lui abbia sentimenti da lupo verso di noi, e che lei non voglia che noi andiamo".

Vingi gli mostrò le rune che diceva provenire da Gudrun.

Quindi tutti andarono a letto, ma loro rimasero a bere con altri uomini. Quindi Kostbera, moglie di Hogni e bellissima donna, venne a osservare le rune. La moglie di Gunnar era Glaumvor, di grande presenza e di carattere. Le due donne versavano, e i re furono presto ubriachi. Vingi notò questo e disse:

"Nulla posso nascondere del fatto che Re Atli è ormai troppo vecchio e malfermo per difendere il suo regno, e i suoi figli sono troppo giovani e di nessuna utilità. Ora egli vuole darvi il dominio sul suo regno, finché loro sono ancora così giovani. E vuole che siate voi a trarre vantaggio da questo".

Così avvenne che Gunnar era molto ubriaco, e che un grande dominio veniva offerto, e non potendo lottare contro il suo destino – promise di fare il viaggio, e informò della cosa suo fratello Hogni.

"La tua parola data dovrà perdurare", rispose lui, "e ti seguirò, ma non sono affatto entusiasta del viaggio".

CAPITOLO XXXIV

Così, quando gli uomini ebbero bevuto a sazietà, andarono a dormire. Kostbera cominciò a osservare le rune, e lesse i caratteri, e vide che qualcos'altro era stato intagliato sopra ciò che vi era prima, e le rune erano confuse. Ma grazie alla sua saggezza riuscì a leggerle. Dopodiché andò a letto e dormì al fianco di suo marito. E quando si svegliarono, lei parlò a Hogni:

"Tu vuoi partire, ma non è cosa saggia. Meglio che andiate un'altra volta. E non sei molto bravo nel leggere le rune se pensi che tua sorella te le abbia mandate affinché andiate lì. Ho letto quelle rune, e mi stupirebbe sapere che una donna così saggia le abbia intagliate in maniera confusa. Ma sotto di esse, sembra presagire la vostra morte, o lei ha omesso una lettera, o altri le hanno manomesse. E ora devi ascoltare il mio sogno".

"Ho sognato che un fiume in piena irrompeva, distruggendo i pali di divisione della sala".

"Spesso sei inaffidabile", rispose lui, "non penso di aspettarmi del male da qualcuno senza un motivo. Ci darà buona accoglienza".

"Lo scoprirai presto", disse lei, "ma non c'è nulla di amichevole nell'offerta. Ho sognato ancora che un altro fiume veniva qui e distruggeva tutte le panche nella sala, e spezzava le gambe a te e tuo fratello, e questo dovrà pure significare qualcosa".

"Campi di grano corrono dove tu pensavi ci fosse un fiume", rispose lui, "e quando andiamo per i campi di grano, spesso grosse spighe ci si conficcano nelle gambe".

"Ho sognato", disse, "che le tue coperte bruciavano, e che la fiamma si era accesa sopra la sala".

"So esattamente cosa vuol dire" rispose lui. "I nostri vestiti sono riposti qui senza cura, e saranno quelli a bruciare, mentre il tuo pensiero andava alle coperte".

"Ho sognato che un orso veniva qui", disse lei, "e distruggeva il trono del re, e minacciava noi con le sue zampe, terrorizzandoci, e ci aveva tutti nelle sue fauci, e noi non potevamo fare nulla, e questo causava grande terrore".

"Una grande tempesta si abbatterà, dove tu pensavi ci fosse un orso polare".

"Ho sognato che un'aquila entrava", disse lei, "giù per la sala, e schizzava di sangue me e tutti gli altri, e questo presagisce il male, perché mi sembrava come se fosse il doppio di Re Atli".

"Spesso facciamo grandi macelli", rispose lui, "e uccidiamo grandi bestie per il nostro divertimento, e sognare un'aquila ha più a che fare con i buoi, e Atli è ben disposto verso di noi".

E quindi smisero di parlarne.

CAPITOLO XXXV

Su Gunnar, ci viene ora detto, che al suo risveglio accadde la stessa cosa – Glaumvor, sua moglie, gli disse dei suoi molti sogni che le sembravano presagio del tradimento a venire; ma Gunnar diede sempre una spiegazione opposta.

"Questo è stato uno", disse lei. "Ho sognato che una spada insanguinata veniva portata qui nella sala, e tu ne eri trafitto da parte a parte, e alle due estremità della spada vi erano lupi che ululavano".

"Piccoli cani mi morderanno, e armi macchiate di sangue spesso presagiscono cani che mordono", rispose il re.

"Quindi ancora", disse lei, "ho sognato che entravano delle donne. Sembravano molto tristi, e ti sceglievano come loro marito. Potevano essere le tue disír".

"Ora diventa difficile dare un'interpretazione", replicò lui, "e nessuno può sfuggire al suo destino, e non è improbabile che io stia per morire".

E al mattino si alzarono e stavano per partire, ma alcuni di loro provavano a dissuaderli. Quindi Gunnar chiamò un uomo di nome Fjornir.

"Alzati, e dacci grandi botti di vino da bere. Questa può essere la nostra ultima occasione di festa. E se moriamo il vecchio lupo verrà per l'oro, e l'orso non sarà lento nell'usare le sue zampe".

Quindi tra i molti pianti, i loro seguaci li accompagnarono sulla strada.

Il figlio di Hogni disse:

"Addio, e buona fortuna".

La maggior parte dei loro seguaci stettero indietro. I figli di Hogni, Solar e Snævar, andarono con loro, insieme a un grande campione, di nome Orkning. Egli era il fratello di Kostbera. Li seguirono fino alle navi, e tutti cercavano di dissuaderli dal viaggio, ma invano. Poi parlò Glaumvor:

"Vingi", disse, "è certo che il tuo arrivo qui sia causa di disastro, e grandi eventi seguiranno alla vostra partenza".

"Giuro che non sto mentendo", rispose lui, "e possano prendermi un'alta forca e tutti i demoni, se dico una sola parola di menzogna". E infine non si risparmiò dall'usare una tale espressione. Quindi parlò Bera [1]:

"Addio e buona fortuna a voi".

"Siate felici", disse Hogni, "comunque vadano le cose".

E con ciò si separarono, ognuno al proprio destino.

Remarono con forza e al massimo, così energicamente che metà della chiglia si staccò dalla nave. Sferzavano i remi con colpi così forti da spezzarli con i perni del trincarino. E quando vennero a terra non legarono le loro navi. Poi cavalcarono per un po' sui loro nobili destrieri attraverso una foresta oscura. Scorsero quindi la tenuta del re. Udirono un gran chiasso, e il rumore delle armi e videro un potente esercito di uomini che si preparavano, e tutte le porte della

[1] Kostbera.

81

fortezza pullulavano di uomini. Cavalcarono fino al castello, ma le porte erano chiuse. Hogni forzò le porte, e così cavalcarono verso il castello. Poi parlò Vingi: "Sareste stati ben consigliati nel non fare questo, e ora aspettate qui, mentre io vado cercare le vostre forche. Vi ho chiesto di venire qui in modo amichevole, ma c'era un inganno. Non passerà molto tempo prima che siate impiccati".

"Non prima di te", rispose Hogni, "e non penso che noi indietreggeremo dove ci sarà da combattere, e a nulla servirà cercare a impaurirci, e sarà peggio per te". Poi lo atterrarono, e lo picchiarono a morte con le teste delle loro asce.

CAPITOLO XXXVI

Quindi cavalcarono fino alla sala del re. Re Atli dispose i suoi uomini per la battaglia, e i due schieramenti erano separati dalla distanza di un cortile.

"Benvenuti tra noi", disse, "Consegnatemi l'oro che è mio di diritto, il tesoro che era Sigurd, e che ora è di Gudrun".

"Non avrai mai il tesoro", rispose Gunnar, "e troverai uomini intrepidi qui, prima che moriamo, se ci mostrerai ostilità. È molto probabile che tu provvederai, con scarsa parsimonia, a un banchetto per aquile e lupi".

"Da molto tempo avevo in mente la vostra morte", disse Atli, "e di impadronirmi dell'oro, e ripagarvi per la vergogna di aver tradito il vostro beneamato cognato, e io lo vendicherò".

"Non hai fatto bene ad aver pianificato questo a lungo", disse Hogni, "e ancora non hai concluso nulla".

Una feroce battaglia quindi si scatenava, e vi fu subito una pioggia di frecce.

E la notizia giungeva ora a Gudrun. E quando ne seppe, divenne furiosa e gettò via il suo mantello. Poi corse fuori e salutò i nuovi arrivati, e baciò i fratelli, e mostrò loro tutto l'affetto, e fu l'ultimo loro scambio di saluti. Quindi disse:

"Pensavo di aver trovato il modo di non farvi venire qui. Ma nessuno può combattere contro il suo destino". E disse ancora: "Si può ancora cercare la pace?"

Ma a questo risposero tutti decisamente no. Lei vedeva che i suoi fratelli erano in difficoltà, e così decise un'azione risoluta. Indossò una cotta di maglia e prese una spada, e combatté insieme ai suoi fratelli, e avanzò come il più coraggioso degli uomini coraggiosi, e tutti dissero la stessa cosa, che mai si era vista una difesa migliore di quella.

Le perdite erano ora pesanti, ma il valore dei fratelli superava quello di tutti gli altri. La battaglia continuò a lungo, fino a dopo mezzogiorno. Gunnar e Hogni si facevano strada tra le truppe di Re Atli, e si racconta che sul campo di battaglia scorresse copioso il sangue. I figli di Hogni premevano ferocemente in avanti.

"Avevo un corpo di uomini grande e splendido, e grandi campioni", disse Re Atli. "Ma molti di noi sono caduti, e abbiamo una sciagura di cui ringraziarvi, diciannove dei miei campioni sono stati uccisi, e solo undici ne restano".

E allora vi fu una pausa nella battaglia.

Poi parlò Re Atli:

"Quattro fratelli eravamo, e adesso sono solo. Mi sono alleato a una grande famiglia con un matrimonio, e pensavo che fosse a mio vantaggio. Avevo una moglie – saggia e bellissima, risoluta e di grande cuore, ma non sono riuscito a far tesoro della sua saggezza, poiché raramente siamo andati d'accordo. Ora voi avete ucciso molti dei miei parenti, e mi avete derubato del dominio e delle ricchezze, e portato alla morte mia sorella, ed è questo che mi addolora di più".

"Perché parli così?" disse Hogni, "sei stato tu il primo a rompere la pace. Tu hai rapito la mia parente per farla morire di fame, uccidendola e prendendo la sua ricchezza. Un'azione non degna di un re, e penso sia ridicolo che tu enfatizzi la tua pena, e ringrazierò gli dèi se le cose si metteranno male per te".

CAPITOLO XXXVII

E così Re Atli incitava le sue truppe a un violento attacco. Combatterono con entusiasmo, ma i Figli di Giuki attaccavano così energicamente che Atli fu spinto di nuovo dentro la sala, e ora vi combattevano all'interno, e lo scontro era feroce. La battaglia vide la morte di molti uomini, e finiva con la caduta di tutte le truppe dei fratelli, tanto che rimasero solo loro due, e più di un uomo cadde ancora sotto le loro armi. Re Gunnar era ormai l'obbiettivo dell'attacco, e a causa della schiacciante preponderanza del nemico fu fatto prigioniero e messo in catene. Quindi Hogni combatté con grande valore e coraggio, e uccise i più grandi campioni di Re Atli, venti di loro. Molti ne spinse nel fuoco che ardeva in mezzo alla sala. A un certo punto tutti furono concordi nel non aver mai visto un uomo simile. Ma infine fu sopraffatto e preso prigioniero.

Re Atli parlò:

"È davvero incredibile che così tanti uomini abbiano incontrato la loro fine per mano loro. Strappategli il cuore e lasciatelo morire".

Hogni disse:

"Fa come vuoi. Attenderò con gioia ciò che vorrai fare, e vedrai che il mio cuore non teme nulla, e ho già incontrato questioni avverse, e quando non ero ferito sono sempre stato pronto a sottopormi a prove di valore. Ma ora sono gravemente ferito, e tu solo ora puoi regolare i conti".

Poi parlò un consigliere di Re Atli:

"Io ho un piano migliore. Prendiamo Hjalli il thrall invece, e risparmiamo Hogni. Lo schiavo è fatto per morire. Non vivrebbe mai tanto a lungo per essere degno d'altro che di disprezzo".

Il thrall ascoltò, e gridò forte, per poi fuggire dove sperava di salvarsi. Disse che stava soffrendo per le loro dispute, e così pagava per la sua dura vita. Disse che era un brutto giorno se fosse morto, per lasciare il suo buon cibo e la guardia ai maiali. Lo presero, e puntarono un coltello su di lui. Egli urlò forte prima di sentirne la punta.

Allora Hogni parlò come solo pochi parlano in situazioni difficili: pregò per la vita del thrall – non voleva sentirlo urlare, disse, e dichiarò che sarebbe stato più semplice per lui giocarsela da solo. E così la vita del thrall fu risparmiata. Gunnar e Hogni erano entrambi incatenati. Re Atli disse allora a Re Gunnar di rivelare dove si trovasse l'oro, se avesse voluto salva la vita.

"Devo prima vedere il cuore sanguinante di mio fratello", rispose lui.

Così ora prendevano di nuovo il thrall, gli strapparono il cuore e lo portarono a Re Gunnar.

"Possiamo tutti vedere", rispose lui, "che questo è il cuore del codardo Hjalli. Non è il cuore valoroso di Hogni, perché trema tutto, e ancora di più quando si trovava ancora nel suo petto".

Così, dietro ordine di Atli, andarono da Hogni e gli strapparono il cuore. E grande era il valore di lui, che rideva mentre moriva, e tutti erano sbalorditi dal suo coraggio, e nessuno lo dimenticò mai.

Mostrarono a Gunnar il cuore di Hogni.

"Ecco il cuore valoroso di Hogni", rispose, "e non è come il cuore di quel codardo di Hjalli, poiché non trema affatto ora, e ancor meno quando si trovava nel suo petto. E tu, Atli, morirai anche tu come noi stiamo morendo ora. E ora solo io so dov'è l'oro, e Hogni non te lo dirà. Ero un po' indeciso quando eravamo tutti e due in vita, ma ora la decisione spetta solo a me. Il Reno avrà l'oro, prima che gli Unni possano averlo tra le loro braccia".

"Portate via il prigioniero", disse Re Atli. E così fecero.

Gudrun chiamò i suoi uomini, trovò Re Atli, e disse:

"Possa ora andarti tutto male – allo stesso modo in cui hai mantenuto la parola con me e Gunnar".

Re Gunnar fu gettato in una gabbia con molti serpenti, e le sue mani erano legate molto strette. Gudrun gli fece inviare un'arpa, e lui mostrò la sua abilità facendo suonare le corde con le dita dei piedi, con straordinaria bravura, tanto che pochi pensarono di aver mai sentito suonare così, neanche con le mani, ed egli esercitò quest'arte finché tutti i serpenti si addormentarono, tranne una grossa e terribile vipera, che strisciò fino a lui e vi affondò i denti fino ad arrivargli al cuore, e morì così con grande coraggio.

CAPITOLO XXXVIII

Ora Re Atli pensava di aver ottenuto una grande vittoria, e parlò a Gudrun in tono quasi beffardo, o come se si stesse gloriando:

"Gudrun", disse lui, "ora hai perso i tuoi fratelli, e hai fatto tutto da sola".

"Ti diverte raccontarmi di queste uccisioni ora", rispose lei, "ma non sarai così contento quando avrai scoperto cosa accadrà. La malvagità sarà la sola cosa che sopravvivrà a lungo, e finché avrò vita le cose non ti andranno bene".

"Ci sia ora pace fra noi", replicò lui, "io ti compenserò per i tuoi fratelli con oro e cose preziose, secondo ciò che più desideri".

"Per molto tempo non sono stata facile nel nostro rapporto", disse lei, "ma non era così male finché Hogni è stato ancora in vita. E tu non potrai mai compensare per i miei fratelli in modo che io sia soddisfatta – ma noi donne siamo spesso sopraffatte dalla forza di voi uomini. I miei parenti ora sono tutti morti, e tu solo sei rimasto a governare su di me. Ora accetterò la situazione – e faremo un banchetto per onorare la memoria dei miei fratelli, e anche dei tuoi parenti".

E ora parlava in modo accondiscendente, anche se nel suo cuore non era cambiato nulla. Lui fu subito dominato, ed ebbe fiducia nel suo parlare così gioioso.

Così Gudrun tenne il banchetto funebre per i suoi fratelli, e Re Atli per i suoi uomini, e fu un banchetto turbolento.

Gudrun ricordava i torti subiti e non aspettava altro che un'occasione per infliggere una pesante vendetta sul re. E al calar della sera prese i figli che aveva avuto da Re Atli mentre giocavano sul pavimento. Spaventati, chiesero che cosa ne avrebbe fatto di loro.

"Non chiedetemi questo", disse lei, "vi ucciderò entrambi".

"Tu puoi fare ciò che vuoi con i tuoi figli", dissero loro. "Nessuno ti ostacolerà, ma questo atto porterà vergogna su di te".

Quindi tagliò loro la gola.

Il re chiedeva dove fossero i suoi figli.

"Te lo dirò", rispose Gudrun, "e siine lieto. Mi hai causato un grande dolore uccidendo i miei fratelli. Ora ascolta ciò che dico. Hai perso i tuoi figli, e queste sono le loro teste, usate come bicchieri su questo tavolo, e tu stesso hai bevuto il loro sangue mescolato col vino. Poi ho preso i loro cuori e li ho arrostiti allo spiedo, e tu li hai mangiati".

"Sei una donna crudele", rispose Re Atli, "hai ucciso i tuoi figli, e mi ha dato la loro carne da mangiare, e poco tempo hai lasciato a separare i tuoi atti malvagi".

"Il mio cuore sarà sempre teso a portare grandi disgrazie su di te", disse Gudrun. "Non c'è trattamento abbastanza cattivo per un re come te".

"Il male che tu hai fatto supera qualsiasi cosa di cui gli uomini possano narrare", disse il re, "e vi è solo follia in tale crudeltà, e meriti di essere bruciata sul rogo, dopo essere stata lapidata a morte – così ti troverai dove il tuo percorso ti sta portando".

"Stai facendo la profezia di te stesso", replicò lei, "e io morirò di un'altra morte".

E molte altre brutte parole si scambiarono a vicenda.

Hogni aveva un figlio ancora in vita, il suo nome era Nibelungo[1]. Grande era l'odio che covava per Re Atli, e aveva detto a Gudrun di voler vendicare il padre. Lei era d'accordo, e avevano fatto i loro piani. Lei diceva che sarebbe stato un grande vantaggio per loro, riuscire a compiere l'atto. E una notte, quando il re aveva finito di bere, andò a letto, e quando fu addormentato venne Gudrun insieme al figlio di Hogni. Gudrun prese una spada e la piantò nel petto di Re Atli. Tutti e due avevano preso parte, lei e il figlio di Hogni.

Re Atli si svegliò con la ferita.

"Non c'è bisogno di fasciare né di curare la ferita", disse. "Chi è stato a farlo?"

"Io vi ho preso parte, come anche il figlio di Hogni", disse Gudrun.

"Non c'è alcun onore in ciò che avete fatto", disse Re Atli. "Anche se tu ne avevi qualche motivo – mi sei stata data in moglie col consenso della tua famiglia, e per te ho pagato una dote di trenta ottimi cavalieri e fanciulle, così da essere all'altezza, e molti altri uomini, eppure tu dicevi che non sarebbe stato abbastanza finché non avessi avuto le terre che Re Budli aveva posseduto, e spesso hai fatto piangere mia madre".

---

[1] Da *Niflung*, letteralmente "figlio della nebbia". Nella *Saga dei Nibelunghi*, i Burgundi assunsero il nome di "Nibelunghi" dopo aver preso il tesoro.

"Hai detto molte falsità", disse Gudrun, "ma non me ne curo, e spesso ero di cattivo umore, ma tu lo hai peggiorato enormemente. In questa tua casa c'erano spesso molti problemi: amici e parenti combattevano, e l'uno provocava l'altro, e stavo sicuramente meglio quando ero con Sigurd. Uccidevamo re e facevamo ciò che volevamo dei loro domini, e lasciavamo in vita coloro che volevano vivere, e grandi uomini si sono sottomessi a noi, e davamo loro tutto ciò che potessero chiedere. Poi l'ho perso, ma portare il titolo di vedova non era niente – ciò che più mi sconforta è che sono stata data a te, mentre prima ero sposata con il più nobile di tutti i re. Ma tu non sei mai uscito da una battaglia senza aver avuto la peggio".

"Questo non è vero", replicò Re Atli. "Ma litigare così non migliorerà né il mio né il tuo destino, perché sto proprio male. Ora agisci in modo onorevole con me e assicurati che abbia uno splendido funerale".

"Farò fare una magnifica tomba per te", disse lei, "e uno splendido sarcofago di pietra, e ti farò vestire in bellissimi abiti, e mi prenderò cura di ogni cosa ti potrà servire".

Subito dopo morì. E lei fece come aveva promesso. Poi fece dare fuoco alla sala. E quando gli uomini del re si svegliarono nel terrore, non cercarono di spegnere l'incendio, ma si uccisero tutti a vicenda, fino a morire tutti. E così finivano Re Atli e tutti i suoi seguaci.

Gudrun non voleva più vivere dopo questi atti. Ma il suo ultimo giorno non era ancora arrivato.

I Volsunghi e i Giukunghi[1] erano, come dicono, uomini eminenti, e i più intrepidi, e questo si trova in tutte le antiche canzoni.

E fu così che con questi eventi, la lotta ebbe fine.

CAPITOLO XXXIX

Gudrun aveva avuto una figlia da Sigurd, di nome Svanilde. Era la più bella di tutte le donne, e aveva preso gli occhi penetranti del padre, tanto che pochi osavano guardarla in volto. In bellezza oscurava tutte le altre donne come il sole oscura gli altri corpi celesti.

Un giorno Gudrun andò verso il mare, prese un cumulo di pietre, e camminò verso le acque, con l'intenzione di porre fine alla sua vita. Ma allora possenti onde la trascinarono per mare, e da queste fu portata via fino ad arrivare al

---

[1] I figli di Giuki.

castello di Re Jonak. Questi era un re potente, e con un grande seguito. Sposò Gudrun, e i loro figli furono Hamdir, Sorli ed Erp. Svanilde fu cresciuta lì.

CAPITOLO XL

Vi era un re di nome Jormunrek. Egli era un potente re di quei giorni. Suo figlio si chiamava Randver. Il re convocò suo figlio a un'udienza con lui.

"Devi andare in missione da Re Jonak per me", disse, "e il mio consigliere, Bikki, verrà con te. Svanilde, la figlia di Sigurd Flagello di Fafnir, è stata cresciuta lì. Io so che lei è la più bella fanciulla sotto il sole di questo mondo. È lei che voglio sposare più di ogni altra, e tu chiederai la sua mano per me".

"È mio dovere, Sire, che io vada in questa missione per te", disse lui.

Così fece ottimi preparativi per il loro viaggio. Viaggiarono allora fino a raggiungere Re Jonak. Videro Svanilde e furono subito impressionati dalla sua bellezza. Randver chiese un'udienza con il re e disse:

"Re Jormunrek intende offrirvi un'alleanza con un matrimonio. Ha sentito parlare di Svanilde, vuole averla in moglie, e non è certo che lei possa mai sposare un uomo più potente di lui".

Il Re disse che era un magnifico matrimonio – "ed egli è molto rinomato".

Gudrun dice: "Non è cosa buona affidarsi alla fortuna perché non si spezzi", disse Gudrun.

Ma dietro le pressioni del re e tutto ciò che ne derivava, ciò fu accordato, e Svanilde andò alla nave con un magnifico seguito, e si sedette sul ponte di bordo, accanto al principe.

Quindi Bikki parlò a Randver:

"Sarebbe più appropriato che siate voi ad avere una così bella donna, piuttosto che un vecchio".

Ciò lo trovò parecchio d'accordo, ed egli parlò dolcemente con lei, ricambiato. Tornarono al loro paese e si diressero dal re.

"È la sola cosa giusta, Signore", disse Bikki, "che voi sappiate di ciò che sta accadendo, anche se è difficile parlarne – è questione di inganno, poiché vostro figlio ha ottenuto appieno l'amore di Svanilde, e lei è la sua amante. Non lasciate che ciò resti impunito".

Egli aveva già dato molti cattivi consigli al re, ma di tutti i suoi cattivi consigli questo era il coronamento. Il re soleva ascoltare i suoi molti sciagurati consigli. Non riuscì a contenere la sua ira e disse che Randver doveva essere preso e impiccato. E quando venne condotto al patibolo egli prese il suo falco e gli strappò le penne, e ordinò che venisse mostrato a suo padre. E quando il re lo vide, disse:

"Ciò vorrebbe dire che lui pensa io sia privo d'onore come quel falco lo è delle sue piume". E così ordinò che fosse portato giù dalla forca.

Ma nel frattempo Bikki aveva già eseguito, e lui era morto.

Bikki disse ancora:

"Con nessuno dovreste essere più severo che con Svanilde. Fate che muoia di una morte vergognosa".

"Seguirò il tuo consiglio", disse il re.

Quindi lei fu legata al portale del castello, e dei cavalli vennero fatti galoppare contro di lei. Ma quando spalancava gli occhi, i cavalli non osavano investirla. E quando Bikki vide questo, ordinò che le fosse messo un sacco in testa. Ciò fu fatto, e così lei perse la vita.

CAPITOLO XLI

Gudrun seppe allora dell'uccisione di Svanilde, e parlò ai suoi figli:

"Perché sedete qui in pace a parlare, quando Jormunrek ha ucciso vostra sorella, facendola calpestare vergognosamente dagli zoccoli dei cavalli? Nessuno di voi ha lo spirito di Gunnar o Hogni. Loro avrebbero vendicato la loro congiunta".

"Avevi poche lodi per Gunnar e Hogni quando hanno ucciso Sigurd ed eri arrossata nel suo sangue", rispose Hamdir, "e uccidere i tuoi figli è stata una brutta vendetta per i tuoi fratelli, e saremmo sicuramente capaci di uccidere Jormunrek se fossimo tutti insieme. E non possiamo più soffrire i tuoi insulti, che così duramente ci sproni".

Gudrun si mise a ridere, e diede loro da bere da grandi bicchieri, e subito dopo cercò per loro grandi ed eccellenti cotte di maglia, e altre armature. Quindi Hamdir disse:

"Ci daremo l'ultimo addio ora, e verrai a sapere di noi, così potrai dare un funerale per noi e per Svanilde".

E così partirono. E Gudrun, con il cuore gonfio di dolore, andò nella sua stanza e disse:

"Sono stata sposata con tre uomini, per primo a Sigurd Flagello di Fafnir. Lui fu tradito e quello fu il mio più grande dolore. Poi sono stata data in moglie a Re Atli, e il mio cuore era così mal disposto verso di lui che per il dolore ho ucciso i nostri figli. Poi ho camminato in mare, e le onde mi hanno riportato a riva, e allora ho sposato questo re. Poi ha mandato Svanilde in un altro paese con una grande ricchezza. E il mio più grande dolore, dopo Sigurd, è stato quando lei fu calpestata sotto gli zoccoli dei cavalli. Ma il più amaro è stato vedere Gunnar nella gabbia dei serpenti, e il più brutto quando a Hogni fu strappato il cuore. Sarebbe meglio se Sigurd mi venisse incontro, per poi andare via con lui. Perché non ho più figli né figlie a consolarmi. Ricordati, Sigurd, cosa abbiamo detto quando abbiamo condiviso lo stesso letto, che tu saresti venuto a trovarmi dall'aldilà, e mi avresti aspettata lì".

Così finiva il suo lamento.

CAPITOLO XLII

La storia narra ora dei figli di Gudrun, di come lei aveva trattato le loro armature in modo che nessun'arma potesse penetrarle, ma aveva detto loro di non fare danni a pietre o altri oggetti pesanti, e che sarebbe stato male per loro se non avessero osservato ciò che lei aveva detto. E dopo che furono partiti, subito incontrarono il loro fratello Erp, e gli chiesero in che modo potesse aiutarli.

"Come mano aiuta a mano, o piede aiuta piede", rispose lui.

Pensarono che ciò volesse dire decisamente no, e lo uccisero. Quindi proseguirono e non passò molto tempo prima che Hamdir inciampasse, e mise avanti una mano per tenersi in equilibrio, e disse:

"Forse Erp diceva il vero – sarei caduto a terra se non avessi messo la mano per fermarmi".

Poco dopo Sorli inciampò, ma mise il piede in avanti, così da riuscire a riprendere l'equilibrio, e disse:

"Sarei caduto se non mi fossi stabilizzato con entrambi i piedi".

Dissero quindi che avevano agito in modo sbagliato con il loro fratello Erp. Viaggiarono fino a giungere alla dimora di Re Jormunrek. Una volta che furono in sua presenza lo attaccarono immediatamente, e Hamdir gli tagliò entrambe le mani e Sorli entrambi i piedi. Poi Hamdir disse:

"La sua testa sarebbe volata se nostro fratello Erp, che abbiamo ucciso nel cammino, fosse vivo, ma ce ne siamo resi conto troppo tardi".

Come dice il verso:

"Via sarebbe la testa
fosse stato vivo Erp,
nostro fratello prode in battaglia,
che abbiamo ucciso per strada".

Non avevano osservato le istruzioni della madre, avendo causato danno alle pietre. Ora venivano attaccati. Si difesero bene e valorosamente, e uccisero più di un uomo. Nessuna lama li scalfiva. Ma venne allora un uomo, di aspetto anziano e con un occhio solo, e parlò:

"Non siete saggi se non riuscite a uccidere questi uomini".

"Dacci un consiglio a riguardo, se puoi", rispose il re.

"Dovreste lapidarli a morte", disse lui.

E questo fu fatto, e le pietre volarono su di loro da ogni parte, e quella fu la loro fine[1].

---

[1] Il "danno alle pietre" era stato fatto nell'uccidere il loro fratello, sporcandole del suo sangue. Nel finale, dietro consiglio di Odino, i due fratelli vengono lapidati in modo che le pietre, quasi volontariamente, riescono dove il ferro fallisce. La punizione di Odino per la loro scelleratezza nell'aver ucciso il fratello più saggio, viene così affidata a oggetti naturali inanimati.

IL POEMA DELLE RUNE DI BRUNILDE

L'origine di questo poema runico è il *Sigrdrifumal*, un carme eddico che narra gli stessi eventi del CAPITOLO XX della Saga. Oltre alle stanze dell'*Havamal* in cui Wotan disserta su come scoprì le Rune, questo carme, con il suo "doppio" nella *Saga dei Volsunghi*, pare essere l'unico esempio integro ed estensivo di poema runico FUTHARK.

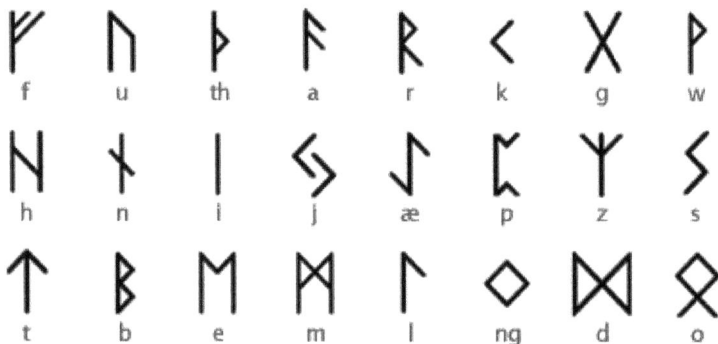

ᚠ	ᚢ	Þ	ᚨ	ᚱ	ᚲ	ᚷ	ᚹ
f	u	th	a	r	k	g	w

ᚺ	ᚾ	ᛁ	ᛃ	ᛇ	ᛈ	ᛉ	ᛊ
h	n	i	j	æ	p	z	s

ᛏ	ᛒ	ᛖ	ᛗ	ᛚ	ᛜ	ᛞ	ᛟ
t	b	e	m	l	ng	d	o

Le rune che verranno elencate in questa decodificazione del *Poema di Brunilde*, sono quelle del FUTHARK antico, ovvero la sequenza più antica e accertata di rune. La parola "runa" deriva dal norreno *rún*, in antico germanico aveva il significato di "mistero", "segreto", articolandosi in verbi come *raunen* – "sussurrare" Le origini delle rune storicamente accertate risalgono agli antichi alfabeti italici retico-veneti, derivanti a loro volta da un substrato paleo-Etrusco. La sequenza runica Futhark venne preservata nella forma e nel significato dai popoli celtici e germanici dell'Europa centro-settentrionale, parallelamente alla forma e al significato delle divinità ancestrali indo-europee che popolano le saghe medioevali. Le rune sopravvissero al divenire della parola perché sono l'espressione più vicina all'idea platonica, l'essere come radice di tutte le cose. È per tale motivo che mantennero l'aura di "mistero" che presentano tutt'oggi, nonostante gli improbabili tentativi di volgarizzazione derivanti da certe correnti "New Age" che ne vorrebbero appiattire il significato degradandole al livello dei "tarocchi" o di altri metodi di divinazione moderni.

Le rune non sono "tarocchi", ma non sono neanche un "linguaggio" nel senso stretto del termine, per quanto ogni parola e suono vocale conosciuto possa essere scritto in runico. Essendo ogni runa una radice di varie parole, l'assonanza del loro nome con parole inglesi, tedesche, o addirittura italiane, lungi dall'essere il loro solo significato effettivo, può aiutare in modo valido nel comprenderne la natura. In tal senso il poema runico si pone come strumento imprescindibile nel discernere tra le varie rune, o gruppi di rune, secondo i loro significati più accreditabili.

I popoli teutonici avevano una vera e propria classe sacerdotale dedita interamente alla conoscenza runica. Essi erano detti *Erilar*, nome alquanto assonante con quello degli Eruli, la tribù germanica il cui re, Odoacre, depose l'ultimo imperatore di Roma, Romolo Augustolo. È ormai noto che spesso il nome di una tribù o di un popolo provenisse da una particolare funzione che veniva svolta da un ben determinato gruppo di persone. Anche a questo proposito va ribadita la validità di quanto espresso nella introduzione a questa saga.

Il *Poema delle Rune di Brunilde* decodificato, che seguirà, accoppiato alle stanze dell'*Havamal* con pertinenza alle Rune di Odino, potrà rivelarsi un ottimo supporto per approfondire la conoscenza in questo campo.

"Dominatore di battaglie,
Ti porto ora la birra
mesciuta a grande potere
condita di gloria,
empita di bei versi
e rune benevole,
di buona magia
e di gaie parole.

In questi primi versi
apprendiamo che la birra,
servita appositamente in un
corno intagliato di *rune
benevole*, è veicolo di
conoscenza runica.

*Rune di guerra devi conoscere
se saggio vuoi essere.
Sulla guardia della spada
dovrai inciderle,
sul manico dell'elsa,
sulla ferrea presa,
e due volte dire il nome di Tyr.*

Le rune di guerra, o della
vittoria, cui si riferisce
Brunilde, sono:
ᛋ **Sowilo**: runa di difesa e
vittoria (*Sig*).
ᛏ **Tiwaz**: la runa del dio
Tyr, l'onore in guerra.

*Rune di onde devi intagliare
per controllare con cura
i tuoi cavalli nuotanti sul mare.
A prua devi porle,
mettile sul timone,
e marchiale col fuoco.
Nessuna onda blu,
nessun frangente si abbatterà,
ma tu tornerai in salvo dal mare.*

Qui l'acqua non è centrale
quanto le rune del controllo:
ᚾ **Nauthiz**: letteralmente
il "bisogno", ma anche
l'esigenze di equilibrio.
ᛁ **Isa**: runa del ghiaccio
e di stasi, come della
fermezza e della sicurezza
che ne derivano.

*Rune di eloquio devi conoscere,
per salvarti, se vorrai,
la resa di un dolore.
Tienile tutte insieme,
Mescola tutte insieme,
Le une accanto alle altre
Lì al Thing
Dove tutti verranno
al completo in assemblea.*

Le rune che rappresentano
l'idea di eloquenza, ma
anche di socialità.
ᚨ **Ansuz**: è la runa di
Wotan, del Verbo.
ᛗ **Mannaz**: la runa
dell'uomo (*Mann*),
quindi del discorso tra
uomini.

Rune della birra devi conoscere
se non vuoi che la moglie d'altri
da te fidata, ti tradisca.
Sul corno le dovrai intagliare,
e sul dorso della mano,
e sull'unghia segna il Bisogno✝.

La coppa colma dovrai benedire
perché ti guardi da sventura
dell'aglio metti nel calice.
Allora questo ti posso promettere,
che il nettare avvelenato
mai cadrà sul tuo destino.

Rune del parto devi apprendere
per le donne
che hanno un bambino
a che lo abbiano sano e sicuro.
Sui loro palmi devi inciderle
e stringere le loro mani
per fare la volontà delle Disír.

Rune di ramo devi conoscere,
per curare i malati,
per saper guardare nelle ferite.
Incidile sulla corteccia
e sulle foglie degli alberi
i cui rami puntano a Est.

Rune della mente devi imparare
se altri uomini vuoi superare
di gran lunga in saggezza.
Colui che le ha create
colui che le ha consultate
e che le ha intagliate, quello
era Hropt.

Per proteggersi dai veleni che con la birra (o tramite altra bevanda) erano infusi:

ᚢ **Uruz**: la runa del corno, nel quale veniva servita la birra o l'idromele.

ᚦ **Thurisaz**: la runa di Thor, usata per difendersi da ogni male.

ᛚ **Laguz**: la runa dell'acqua e dei liquidi (lago). Anche dell'aglio-porro.

Per la nascita di una nuova vita:

ᛒ **Berkano**: runa di gestazione e di nascita.

ᛈ **Pertho**: runa del grembo, della fortuna e delle Disir.

Le rune per curare i malanni venivano intagliate su legno:

ᚲ **Kenaz**: runa del cambio positivo e di guarigione.

ᛇ **Eiwhaz**: runa dell'asse del mondo, Yggdrasill, e dell'equilibrio psicofisico.

Le rune associate al pensiero fluido e alla saggezza:

◇ **Ingwaz**: ingegno ed equilibrio interiore.

ᚺ **Hagalaz**: runa della creazione, estirpazione dell'informe.

Sullo scudo furono scavate
dinanzi al dio luminoso,
sull'orecchio di Arvak,
e il capo di Alsvid.
Incise lì sulla ruota
sotto il carro di Rognir,
sulle redini di Sleipnir,
e sui pattini della slitta.

Sulla zampa dell'orso
e sulla lingua di Bragi,
sull'artiglio del lupo
e il becco dell'aquila,
sulle ali insanguinate
e sulla testa del ponte,
sul palmo che libera
e sul sentiero che risana.

Su vetro e oro
e sul buon argento
su vino e su mosto,
sul seggio della strega
sulla punta di Gaupnir
e sulla pelle degli uomini.
sul seno della maga
e sull'unghia della Norna
e sul becco del gufo.

Dalle rune della mente alle rune del moto:

ᛗ **Dagaz**: runa del giorno legata al carro di Sól.

ᚱ **Raido**: runa del moto, del cavalcare.

ᛗ **Ehwaz**: il cavallo, intesa e fedeltà (redini).

Non richiama le rune ma elementi associabili:

ᛒ **Berkano**: è associata anche all'orso (Bjarka).

ᚨ **Ansuz**: come runa della poesia (Bragi).

ᛇ **Iera**: moto stagionale, ponte spazio-temporale.

Riferimento ai doni ma anche alla magia (sejdr):

ᚷ **Gebo**: runa del dare, donare (Ing. giving)

ᚹ **Wunio**: socialità e gioia, e amore sensuale.

ᛉ **Elhaz**: veniva incisa sulla punta della lancia.

ᚦ **Thurisaz**: runa nornico-sciamanica della magia.

Principi di divinazione,

Tutte quelle che vi erano incise
sono state cancellate
e mescolate al nettare più sacro,
e spedite nelle vie più remote.
Ora sono dagli elfi,
alcune dagli Æsir
e dai Vanir di grande saggezza,
e alcune si trovano tra gli uomini.

Rune di cura sono queste
e rune di nascita anche,
e tutte le rune della birra,
grandi rune e gloriose
per coloro che le usano
integre e veritiere
per portare fortuna da esse.
Possiedile e prospera
finché gli dèi non moriranno.

Ora dovrai compiere
una scelta che s'offre a tutti
o albero di acero dall'armi affilate
parlare o star silente,
tu solo potrai scegliere.
Ora ogni parola sarà pesata."

Principi di divinazione, in cui, come spiegato da Tacito nel *Germania*, le rune assumono una dinamica aleatoria: esse vengono mescolate per poi essere evocate a gruppi ternari. Diverse combinazioni possono conseguirne, da cui la loro diversa "origine cosmica".

La sequenza per *Alu* – "birra" è ᚠᚱᚾ. Conclude poi con un invito a possedere il tesoro delle rune svelategli, per prosperare:

ᚠ **Fehu**: fuoco primordiale, ricchezza e beni materiali (runa di Frey).

ᛟ **Othala**: proprietà, terra conferita dagli dèi, prosperità di Popolo.

Il finale è una esortazione alla meditazione runica, nella quale si ripete il nome di ogni Runa per interiorizzarla. *"Ogni parola sarà pesata"* poiché è sempre opportuno esprimere la runa con l'adeguata cognizione, affinché abbia effetto.

9 780244 905668